Contes et légendes du monde entier

TORMONT

ILLUSTRATIONS: Piero Cattaneo
Tony Wolf
Severino Baraldi

TEXTE: Peter Holeinone

ADAPTATION FRANÇAISE: G. Sopranzi
H. Beauverd
M. Bonoli-Béguin

© DAMI EDITORE, ITALIE

Publié par:
LES ÉDITIONS TORMONT INC.
338 est, rue Saint-Antoine
Montréal, Québec, Canada
Tél.: (514) 954-1441   Fax: (514) 954-1443

ISBN 2-921171-31-7
Imprimé au Canada

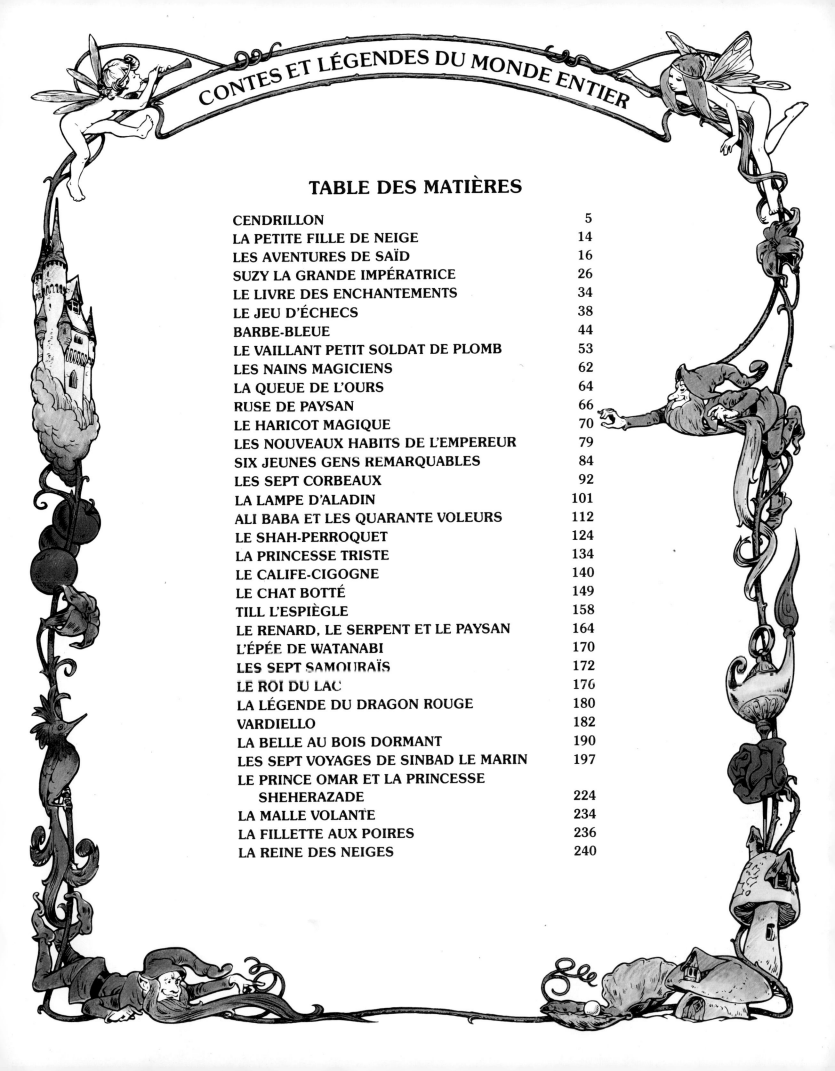

CONTES ET LÉGENDES DU MONDE ENTIER

TABLE DES MATIÈRES

Il y avait une fois....

Il y avait une fois... une jeune fille seule et malheureuse à qui le sort semblait réserver une vie pleine d'amertume. Cependant...

CENDRILLON

Il était une fois...une très belle jeune fille au caractère doux dont le père, resté veuf, s'était remarié. Malheureusement, ces secondes noces furent pour la jeune enfant le début d'une vie dure et pleine d'humiliations. La belle-mère avait déjà deux filles et, pour la nouvelle venue, il n'y eut ni affection, ni gentillesse. Les deux demi-soeurs avaient droit à beaucoup d'égards, tandis que la malheureuse fille était obligée d'accomplir dans la maison les travaux les plus humbles. Un jour la belle-mère renvoya la domestique qui la servait depuis tant d'années et appela la jeune fille: "Dès aujourd'hui ce sera toi la nouvelle servante!".
Depuis ce jour, lorsqu'elle avait terminé le ménage, elle allait souvent se mettre au coin de la cheminée et s'asseoir dans les cendres; ce qui lui valut le surnom de Cendrillon.
Le chat était désormais son seul ami et Cendrillon le caressait longuement, tout en rêvant...

Les deux soeurs ne manquaient ni de
parfums ni de vêtements, mais Cendrillon,
quoique vêtue de vilains habits, restait la plus
belle; ce qui ne faisait qu'augmenter l'envie et
la haine de la belle-mère envers elle.
Un jour, arriva de la cour une invitation au
grand bal organisé en l'honneur du fils du roi.
Toutes les jeunes filles en âge d'être mariées
devaient y participer. Tout de suite la belle-
mère s'affaira à procurer à ses deux filles,
plutôt gauches et disgracieuses, des habits
riches et élégants. A Cendrillon fut confiée la
tâche d'aider les soeurs à se coiffer et à
s'habiller pour la fête.
Et quand elles furent sorties, la jeune fille
resta seule et désolée à pleurer
en compagnie de son chat.

Soudain, le fond de la cheminée s'illumina et dans la cuisine apparut une fée. "Ne crains rien, Cendrillon! Je suis une fée. J'ai entendu tes soupirs portés par le vent. J'ai été touchée par ta bonté et je trouve que tu mérites un meilleur sort. Je ferai en sorte que tu puisses participer au bal".

La jeune fille, stupéfaite, répondit en balbutiant: "Au bal?! Mais avec mes vêtements tout rapiécés on ne me laissera même pas entrer!". La fée sourit et lui ordonna: "Va dans le jardin et apporte-moi une citrouille! Vite!". Puis elle s'adressa au chat: "Et toi, procure-moi tout de suite sept souris!". Cendrillon voulut protester, mais la fée la poussa gentiment vers la porte: "Aie confiance en moi...et souviens-toi de m'apporter la citrouille la plus grosse que tu trouveras!".

Le chat n'eut pas besoin d'encouragement: il s'élança dans la cave pour capturer les sept souris et, peu après, il ramena à la fée sept petits rats tremblants de peur.

Quand Cendrillon revint, portant avec peine une grosse citrouille jaune, la fée leva sa baguette magique et…"zac!", en un éclair, la grosse citrouille se transforma en un magnifique carrosse doré.
Puis ce fut le tour des sept souris qui devinrent six magnifiques chevaux blancs guidés par un cocher en grand uniforme et au long fouet. Cendrillon, émerveillée par ces prodiges, regarda avec épouvante la fée qui levait déjà sa baguette magique sur elle:
"A toi, maintenant!".
D'un coup, la jeune fille se vit parée d'une splendide robe en soie précieuse, tissée de fils d'or et d'argent et chamarrée de pierreries et de dentelles. Cendrillon n'en croyait pas ses yeux.
La fée lui fit soulever sa jupe: "Et ceci pour tes petits pieds!".
Une étincelante paire de chaussures de cristal apparurent soudain, complétant ainsi sa parure.
La fée regarda avec satisfaction la très belle jeune fille et dit, en lui caressant une joue: "Quand tu te présenteras à la cour, le prince ne pourra que rester séduit par ta beauté. Danse seulement avec lui s'il t'invite, mais souviens-toi que l'enchantement cessera à minuit précis: les chevaux et le cocher redeviendront des souris, le carrosse se retransformera en citrouille… Toi aussi, tu te retrouveras habillée de tes vieux vêtements! Promets-moi donc de quitter la fête avant cette heure! As-tu compris?".
Cendrillon, émue, retint une larme et sourit:
"Merci! Merci! Je reviendrai sans faute pour minuit!".

Lorsque Cendrillon arriva au palais royal et entra dans le salon où se déroulait le bal, tous cessèrent de danser et il se fit un grand silence. "Qu'elle est belle! Qui est-ce?", se demandaient-ils tous, en contemplant son élégance et sa grâce. Même ses soeurs étaient loin d'imaginer que cette splendide créature pouvait être la pauvre Cendrillon qu'elles avaient laissée à la maison.

Le prince même en fut séduit à l'instant: il alla vers elle, s'inclina poliment et l'invita à danser.

Les délicates chaussures de Cendrillon glissaient avec légèreté sur le sol du salon. Au grand regret des autres invitées, le jeune homme dansa toute la soirée avec la belle inconnue. Plusieurs fois le prince demanda à Cendrillon qui elle était, en insistant pour connaître au moins son prénom: mais elle, continuant à voltiger dans ses bras, répondait toujours:

"Il est inutile que je vous le dise, parce qu'après cette soirée, nous ne nous reverrons plus!". Le prince, cependant, secoua la tête: "Oh, non! Nous nous reverrons certainement!".

Cendrillon était si heureuse et s'amusait tellement qu'elle en
oublia la recommandation de la fée. Soudain, elle entendit sonner
le premier coup de minuit! Alors seulement la jeune fille se
souvint de ce que la fée lui avait fait promettre.
Elle salua précipitamment le prince qui voulait la retenir et s'enfuit
par les escaliers. Vite! Vite! Hors du palais avant que minuit ne
soit passé! Mais, dans l'affolement de la fuite, Cendrillon perdit sa
petite chaussure.

Le prince, remis de sa surprise, avait essayé de suivre la jeune fille, mais il ne put l'attraper. Sur les escaliers il trouva la chaussure de cristal et aussitôt ordonna aux gentilshommes qui l'entouraient: "Allez, cherchez partout la demoiselle qui la chaussait! Je n'aurai pas de répit tant que vous ne l'aurez pas retrouvée!". Ce fut ainsi que, le jour suivant, les envoyés du roi commencèrent leur recherche, en faisant du porte à porte.
Mais la petite chaussure n'allait bien à aucune jeune fille.
Ils arrivèrent aussi à la maison de Cendrillon. Les deux soeurs essayèrent d'enfiler leurs grands pieds dans la petite chaussure, mais en vain. Cependant l'un des envoyés aperçut Cendrillon et, frappé par sa beauté, lui demanda:
"Et toi, pourquoi ne l'essaies-tu pas?".

"Moi vraiment...", dit la jeune fille embarrassée en se dérobant. Mais déjà son petit pied entrait sans peine dans la petite chaussure qui lui allait parfaitement. La belle-mère, au comble de l'étonnement et de l'indignation, s'exclama: "Comment pouvez-vous penser que Cendrillon, si sale et mal habillée, soit celle que vous cherchez?!". Là-dessus réapparut la fée qui, d'un coup de sa baguette magique, retransforma les haillons de Cendrillon en une magnifique robe. Les deux soeurs et les envoyés du roi reconnurent la mystérieuse jeune fille de la soirée du bal. L'ordre du prince était d'amener au palais la jeune fille qui pourrait enfiler son pied dans la petite chaussure de cristal. Et c'est ainsi que l'on fit. "Maintenant vous serez obligée de me dire votre nom, puisque je vais vous demander en mariage!", dit le jeune homme en accueillant Cendrillon.
La fée qui était là, invisible, sourit:
"Ma petite Cendrillon sera enfin heureuse!".

LA PETITE FILLE DE NEIGE

Il était une fois...un beau jardin; une forte chute de neige l'avait recouvert d'un manteau blanc et doux.

Deux enfants - frère et soeur - s'amusaient à se poursuivre entre les arbres, en se lançant des boules de neige.

Au bout d'un moment, la fillette, lasse de courir, proposa:

"Et si nous faisions un bonhomme de neige?".

"D'accord!", répondit son frère avec enthousiasme, "nous ferons une petite fille qui te ressemble!".

Ils se mirent au travail avec entrain et amassèrent très vite un gros tas de neige qui, sous leurs mains habiles, prit petit à petit la forme d'une jolie fillette. On aurait dit qu'elle était réelle!

Soudain, un vent léger fit frémir les branches des sapins et une étrange mélodie sortit du bois.

A ce moment-là, la petite fille de neige sembla s'animer: son visage se teinta de rose et la nouvelle venue se mit à courir avec les deux enfants qui étaient ravis d'avoir une nouvelle compagne de jeux.

Maintenant le jardin résonnait de leurs rires joyeux.

Le soir, le père revint à la maison; quand il vit la fillette vêtue de blanc jouer avec ses deux enfants, il pensa:

"Ce doit être la fille de quelque voisin!".

"Ça suffit, maintenant!", dit-il aux trois enfants. "Il fait trop froid. Entrez vous réchauffer!".

Effrayée, la petite fille de neige fit signe que non, mais l'homme la prit doucement par le bras et la poussa dans la maison, en disant: "Que tu es froide! Viens près du feu!".

La petite fille, résignée, n'osa pas refuser.

A peine entrée, elle resta longtemps immobile à regarder le jardin blanc, maintenant balayé par un vent violent qui soulevait la neige. Elle se mit à pleurer et, à mesure que les larmes lui coulaient le long des joues, elle devenait plus mince et plus petite. Peu après, à sa place près du fourneau, il ne resta plus qu'une grande flaque d'eau sur le tapis.

LES AVENTURES DE SAID

Il était une fois...dans le lointain Orient, un homme appelé Bénézar qui avait épousé une femme du nom de Zémira. Les deux s'aimaient beaucoup et leur entente était presque parfaite. Une seule chose les divisait: Zémira croyait à la magie, tandis que Bénézar ne faisait confiance qu'à ce qu'il pouvait s'expliquer. Cependant, tout cela ne troublait en rien leur bonheur, qui fut à son comble lorsque Zémira mit au monde un joli bébé. Dès que Bénézar vit le nouveau-né qu'il avait attendu avec anxiété, il s'aperçut qu'il avait un étrange sifflet d'argent attaché autour du cou. "Qu'est-ce que c'est?", demanda-t-il à sa femme.
"C'est le cadeau magique d'une de mes amies fées!", répondit Zémira. "Garde-le jusqu'à ce que notre fils ait vingt ans!". Bénézar secoua la tête avec perplexité, mais prit le sifflet.

L'enfant, à qui on avait donné le nom de Saïd, grandit sain et fort.
Quand il eut dix-huit ans, il demanda à son père, qui entretemps
était resté veuf, la permission de partir en pèlerinage à la ville
sainte de la Mecque.

"Tout bon musulman doit visiter la Mecque au moins une fois
dans sa vie: donc je suis content que tu veuilles partir!", dit
Bénézar. "Mais avant, exauce le voeu de ta pauvre mère et mets-
toi au cou ce sifflet porte-bonheur qu'une fée lui avait offert pour
toi!". Saïd, ému à la pensée de sa mère morte, prit le sifflet et
l'attacha à son cou. Puis, il partit, accompagné de quelques
serviteurs et d'une longue caravane de chameaux chargés de
tout le nécessaire pour un long voyage.

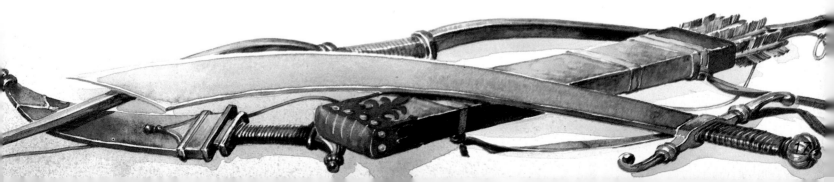

Le chemin vers la Mecque était très long. Après avoir traversé une interminable plaine déserte, Saïd parvint aux pieds d'une haute chaîne de montagnes. Alors la caravane fit halte. Un après-midi, elle fut assaillie par un groupe d'hommes armés. Les serviteurs s'enfuirent, mais Saïd dégaina son épée et leur cria: "Lâches! Vous ne changerez guère votre sort, en vous échappant! Il vaut mieux combattre!". Et il défia tout seul les ennemis. Les guerriers étaient commandés par un beau jeune homme sur un cheval noir.

Saïd l'affronta le premier et le tua, après un dur combat.

Les adversaires étaient cependant trop nombreux et le jeune homme, tout en luttant courageusement, fut fait prisonnier. Même le sifflet magique, que Saïd avait essayé d'employer en dernier ressort, ne lui fut d'aucun secours.

Ses vainqueurs, en le ligotant, ne cessaient pas de l'accuser: "Tu as tué Almansor, le fils du sheik Sélim, notre chef! Tu seras condamné pour cela!". Et ils continuèrent à l'insulter jusqu'à leur arrivée à la tente du puissant Sélim. Mais Sélim, homme sage et juste, voulut savoir comment les faits s'étaient déroulés et, tout en pleurant la mort de son fils, reconnut que le combat avait été loyal et que Saïd avait eu raison de se défendre. Ainsi le jeune homme fut libéré et put continuer son voyage, en se joignant à une autre caravane qui se dirigeait vers la Mecque.

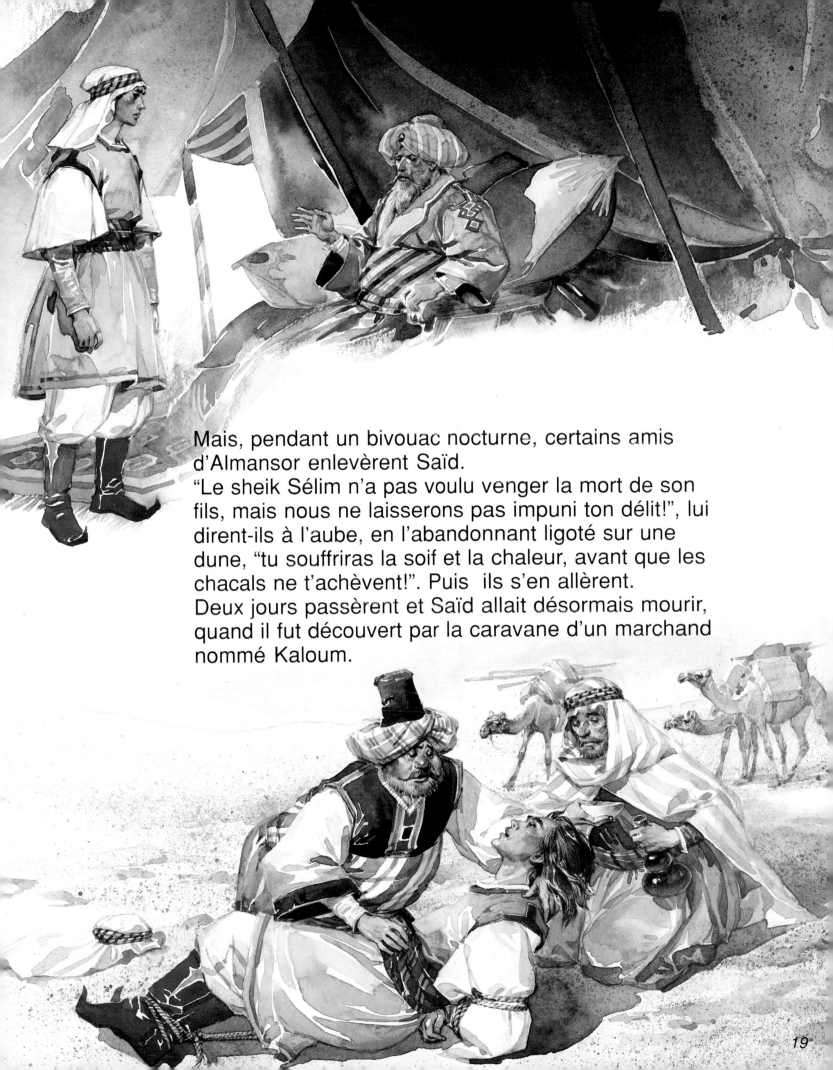

Mais, pendant un bivouac nocturne, certains amis d'Almansor enlevèrent Saïd.

"Le sheik Sélim n'a pas voulu venger la mort de son fils, mais nous ne laisserons pas impuni ton délit!", lui dirent-ils à l'aube, en l'abandonnant ligoté sur une dune, "tu souffriras la soif et la chaleur, avant que les chacals ne t'achèvent!". Puis ils s'en allèrent.

Deux jours passèrent et Saïd allait désormais mourir, quand il fut découvert par la caravane d'un marchand nommé Kaloum.

Saïd fut tout de suite secouru et reprit peu à peu ses sens. "Comment pourrais-je vous récompenser?", demanda-t-il à ses sauveurs dès qu'il fut en mesure de parler. "Je m'appelle Kaloum", répondit le marchand, "et je suis un homme pratique! Puisque j'ai ralenti mon voyage pour te sauver, tu travailleras comme vendeur dans mon bazar, jusqu'à ce que tu te sois acquitté!". Arrivé à Bagdad, Saïd commença ainsi un travail ingrat pour lui, mais qui lui permettrait de gagner l'argent nécessaire pour poursuivre son pèlerinage.

Un jour, une femme voilée acheta beaucoup de marchandises au bazar et pria Saïd de les apporter chez elle.

A sa grande surprise, le jeune homme l'entendit demander:
"Saïd, as-tu encore ton sifflet attaché au cou?".
Le jeune, stupéfait, demanda à son tour:
"Comment le sais-tu?".
"Je suis la fée qui le donna à ta mère...", répondit la femme.
Saïd l'interrompit: "Mais il ne m'a pas été utile, lorsque j'en avais besoin!".
"Il te servira dès que tu auras vingt ans!".
Saïd demanda alors conseil à la fée pour pouvoir continuer son voyage. "Tu auras besoin de beaucoup d'argent et la seule façon de le gagner en peu de temps est de vaincre le tournoi qui se tient en ce moment à Bagdad en l'honneur du calife. Tu es vaillant et fort et tu le gagneras certainement. Je te procurerai un cheval et des armes comme il faut!".
Saïd participa à plusieurs tournois et se mit à gagner beaucoup de prix.

A cètte époque, Soliman, le calife de Bagdad, avait l'habitude de
roder la nuit dans les rues de sa ville déguisé en mendiant, pour
écouter ce que les gens disaient de lui. Souvent il se faisait
accompagner de son Grand Vizir, lui aussi pauvrement habillé.
Une nuit, en rentrant à la maison, Saïd entendit des cris
provenant du coin le plus sombre d'une arcade: quatre bandits
agressaient deux passants. Saïd dégaina son épée, accourut, tua
deux agresseurs et mit en fuite les deux autres.
Le calife et son Grand Vizir - car il s'agissait bien d'eux - une fois
remis de leur frayeur, remercièrent Saïd.
"Je suis vendeur et je travaille pour le marchand Kaloum", dit le
jeune en se présentant, "mais, heureusement pour vous, je
connais bien le métier des armes!".
Soliman, qui dans l'ombre n'avait pas reconnu en Saïd l'un des
chevaliers qui avaient participé à un récent tournoi, l'embrassa et
lui dit: "Tu as mis ta vie en danger pour sauver deux pauvres
mendiants; voilà ta récompense!" et il lui offrit une bourse pleine
de pièces d'or et un gros anneau qu'il retira de son doigt.

Désormais, Saïd possédait assez d'argent pour reprendre son voyage vers la Mecque. Le matin suivant, il alla chez Kaloum pour lui faire part de sa décision de partir. Le marchand, irrité de perdre un aide aussi habile, lui demanda: "Mais comment peux-tu partir sans argent?". Saïd lui montra, en souriant, la bourse de monnaies d'or. "Avec mon travail, j'ai payé la dette que j'avais envers toi; je suis même devenu riche; donc, plus rien ne me retient ici".

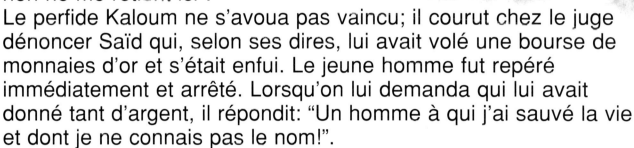

Le perfide Kaloum ne s'avoua pas vaincu; il courut chez le juge dénoncer Saïd qui, selon ses dires, lui avait volé une bourse de monnaies d'or et s'était enfui. Le jeune homme fut repéré immédiatement et arrêté. Lorsqu'on lui demanda qui lui avait donné tant d'argent, il répondit: "Un homme à qui j'ai sauvé la vie et dont je ne connais pas le nom!".

Le juge, qui était un ami de Kaloum, trouva la réponse trop vague et l'obligea à rendre tout de suite l'argent au marchand. Puis il condamna Saïd aux travaux forcés, sur un îlot au milieu de l'océan. Chaque mois, un vaisseau transportait les condamnés à l'île maudite. Saïd fut embarqué avec des voleurs et des assassins. Il eut le temps de regretter son mauvais sort.

"Il y a deux ans, je partais de chez moi, riche, heureux et fier; et voilà où j'en suis aujourd'hui à la veille de mes vingt ans!".

Durant la nuit, une tempête terrible se déchaîna. Le navire qui transportait Saïd se brisa sur des écueils. Tous périrent à l'exception de Saïd qui put s'accrocher à un gros morceau de bois. A l'aube, à bout de force, il se souvint de son sifflet et souffla, souffla aussi fort qu'il put.

Comme par enchantement, un dauphin apparut et le jeune homme monta sur son dos. C'était le jour de son anniversaire. Il avait vingt ans; le sifflet magique avait fonctionné!

Le dauphin le porta docilement non loin d'une belle plage sablonneuse; mais, entre les dunes, on pouvait voir les tentes d'un campement militaire...

Le naufragé fut aperçu par un groupe de gardes. Après l'avoir nourri et rhabillé, ils le conduisirent devant la tente principale. Saïd se trouva aussitôt en présence du calife.

"Es-tu un forçat réchappé du naufrage?", lui demanda Soliman en le scrutant longuement.

"Oui, je suis le seul rescapé, mais j'ai été condamné injustement!", répondit Saïd, et il raconta ce qui lui était arrivé. Lorsque le jeune homme expliqua comment il avait reçu la bourse de monnaies d'or et lorsqu'il montra également l'anneau qu'on lui avait donné, le calife reconnut en lui son sauveur d'autrefois.

"Je te crois!", lui dit-il, et, s'adressant aux gardes:

"Allez me chercher Kaloum!". Il invita ensuite Saïd à sa table et il lui demanda de raconter toutes ses aventures.

"Le sort cette fois t'est favorable: tu vas retrouver ton père tout à l'heure", révéla le calife en interrompant le récit de Saïd, "car ici dans le camp il y a un certain Bénézar qui cherche son fils Saïd!".

Saïd put enfin embrasser son père:

"Le calife m'a rendu justice et je suis à nouveau riche!", dit Saïd à Bénézar. "Nous atteindrons la Mecque ensemble! J'ai vingt ans, et avec l'aide de ce sifflet, nous pourrons surmonter n'importe quel danger".

SUZY, LA GRANDE IMPERATRICE

Il était une fois...il y a très longtemps, une jeune impératrice du nom de Suzy qui régnait sur le Japon. Durant son règne survint un fait extraordinaire: un dieu malin, nommé Kaï-Kou, chassé de la Chine voisine, arriva au Japon et, sous l'apparence d'un samouraï, prit la tête d'une armée pour conquérir l'empire.
Suzy envoya plusieurs fois ses troupes contre le rebelle, mais en vain: chaque fois Kaï-Kou remportait la victoire, soit par la force des armes soit en déchaînant de terribles inondations contre l'armée impériale.
Les généraux de l'impératrice étaient très inquiets:
"Majesté, comment pouvons-nous lutter contre un Génie du Mal? Nos soldats sont terrorisés!".
L'impératrice, qui cachait sous un aspect délicat un caractère de fer, sentit faiblir son assurance habituelle.

Pendant une longue nuit d'insomnie, tandis qu'elle méditait sur ce qu'il fallait faire, lui apparut soudain un vieil homme imposant à la longue barbe: "N'aie pas peur, Suzy! Je suis Ming, le Dieu du Feu! J'ai appris tous les méfaits que Kaï-Kou cause à ton pays et je veux t'aider à t'en débarrasser. Je veux me venger d'une terrible offense qu'il m'a faite, il y a très longtemps. Si tu acceptes mon aide, dès demain je serai à côté de tes généraux. Tes soldats et mes pouvoirs nous permettront de vaincre les arts maléfiques de Kaï-Kou!". Suzy, reconnaissante, s'inclina aux pieds du Dieu du Feu: "Comment pourrais-je refuser ton aide? Je te remercie, au nom de tout mon peuple!".

Le lendemain l'impératrice appela le plus jeune, mais aussi le plus courageux, de ses généraux:

"Oda Taro, tout désormais dépend de toi! Je sais que les troupes sont démoralisées et ont peur de marcher à nouveau contre Kaï-Kou, mais tu dois réunir le plus de guerriers possible. Tous doivent être volontaires et prêts à affronter avec grand courage cette dernière bataille!".

Le samouraï répondit aussitôt avec fierté:
"Mon impératrice, ne crains rien! Les soldats qui ont encore confiance en toi sont beaucoup plus nombreux que tu ne le crois! Donne-moi une semaine et je formerai une armée prête à se battre à nouveau!".
Suzy, satisfaite de la réponse de son général, lui révéla que lui et ses soldats seraient aidés par le Dieu du Feu.
En effet, quand l'armée se mit en marche, au flanc d'Oda Taro se tenait aussi Ming, sous l'apparence d'un jeune guerrier.
Finalement, dans une grande plaine, les deux armées se firent face, prêtes à s'affronter.
Bientôt, l'incroyable courage d'Oda Taro et des siens eut raison de la résistance ennemie. La victoire était à portée de main, quand Kaï-Kou recourut encore à son arme perfide, la magie.
Une énorme vague, haute comme une colline, fut lancée contre Oda Taro et ses soldats.
Les courageux soldats allaient être emportés par l'eau; Ming leva alors son épée et, quand il l'abaissa, la muraille d'eau se divisa en deux, épargnant ainsi tous les soldats.

Puis Ming courut devant tout le monde en hurlant:
"C'est ta fin, Kaï-Kou!".
Celui-ci, désormais seul et impuissant, tenta de fuir vers une
montagne toute proche. Mais Ming était déjà derrière lui.
Kaï-Kou, s'apercevant qu'il allait être rattrapé, essaya
désespérément de faire encore du mal à son adversaire.
Il se jeta tête baissée contre la paroi de la montagne, sachant bien
que la fin d'un génie maléfique provoque toujours une
catastrophe. En effet, dans la montagne s'ouvrit une énorme fente
et la terre trembla. Du rocher éclaté, un fleuve de lave se mit à
couler, tandis qu'une pluie de feu et une épaisse fumée noire
sortaient du cratère.
Le fleuve de feu coulait en direction des plaines fertiles, détruisant
tout sur son passage.

Suzy, dans son grand palais, reçut en même temps la nouvelle de la victoire sur Kaï-Kou et celle de la catastrophe qui allait frapper son pays. Mais le pire devait encore se passer: le fleuve de lave, dans sa course irrépressible, rejoignit l'un des énormes piliers qui soutenait la voûte céleste et le détruisit. Le coin de ciel qu'il soutenait se fêla, se brisa et tomba sur la terre. Par la fente, le noir terrible du cosmos infini se déversa sur la terre et les plus sombres ténèbres descendirent sur l'humanité entière.

L'obscurité complète terrifiait les gens: personne ne travaillait plus, personne ne s'aventurait plus dans les rues, les mères se serraient avec leurs enfants autour de la cheminée...

Même la faim n'arrivait plus à faire sortir les gens de chez eux. Suzy consulta Ming et tous les sages de l'empire, qui lui suggérèrent de faire allumer de grands feux sur tous les sommets des montagnes. Elle proclama aussi un édit qui ordonnait à tous les sujets de recueillir des diamants blancs, des rubis rouges, des saphirs bleus, des topazes jaunes et du jade noir.

Finalement, Ming appela Suzy et lui expliqua:
"Ce ne sera pas du tout facile de réparer le ciel! Tu devras avoir
beaucoup de courage et suivre attentivement mes instructions. Je
t'allumerai un feu magique et tu devras mélanger dans un grand
chaudron toutes ces pierres précieuses, de façon à former une
pâte qui soit aussi brillante que le ciel que vous aviez auparavant.
Puis tu demanderas à un nuage de te conduire là-haut pour
rajuster la voûte céleste! Mais si tu ne réussis pas à terminer
rapidement ton devoir et que la pâte refroidisse, chaque effort
aura été vain et même moi, je ne saurai plus comment t'aider!".
Suzy suivit attentivement toutes les instructions et, le moment
venu, sans aucune hésitation, elle se fit transporter
vers la terrible fente noire.
La mort dans l'âme, elle travailla
frénétiquement jusqu'à ce que
l'énorme fissure fût colmatée.
 Alors, épuisée, la jeune femme
se laissa ramener sur la terre.
Le ciel était réparé!

Immédiatement le soleil resplendit et illumina de nouveau la terre. Mais, à la tombée de la nuit, une autre surprise amère les attendait: ils avaient beau scruter le ciel, personne ne voyait la lune. Et de même la nuit suivante et toutes les nuits qui suivirent. La lune avait disparu.

"Majesté!", demandaient-ils tous, "pourquoi n'y a-t-il plus de lune pour éclairer nos nuits?". Mais ni Suzy ni Ming (à qui l'impératrice avait demandé le motif de cette nouvelle calamité) ne savaient expliquer ce phénomène. Les gens devinrent de plus en plus tristes jusqu'au jour où un paysan se présenta au palais royal. Il prétendait connaître la raison de la disparition de la lune.

Il fut présenté à l'impératrice: l'homme se prosterna devant elle en même temps que son fils qui l'accompagnait. Puis il dit au garçon: "Raconte tout ce que tu sais!".

Balbutiant d'émotion, le jeune homme commença: "Il y a quelques années, tandis que je faisais paître mes chèvres sur le haut plateau de la Montagne de la Peur, j'ai découvert l'entrée d'une énorme caverne obscure, dans laquelle je n'ai jamais osé entrer. L'autre nuit, cependant, j'ai vu sortir une lumière par une petite fente et je me suis approché: la caverne était illuminée comme s'il faisait jour! Alors j'ai épié à travers la fissure et j'ai aperçu...".

"Continue!", lui dit l'impératrice, "n'aie pas peur!".

Le garçon regarda son père et ajouta, à voix basse:

"Dans un angle de la caverne, j'ai vu la lune qui se cachait!".

"Il faut tout de suite l'avertir que le ciel est réparé et qu'elle ne court plus aucun danger!", dit Suzy, se souvenant d'une légende selon laquelle la lune était arrivée sur la terre pour fuir le Dieu de l'Obscurité. "J'y vais, Majesté!", dit le garçon en se levant. "Je suis le seul à savoir où elle se cache". On sella le plus rapide des chevaux et le garçon partit à brides abattues.

Le soir suivant, quand le soleil se coucha et que la lune apparut dans le ciel, un grand applaudissement s'éleva des rizières, des campagnes et des places des villages. Depuis lors, les hommes qui regardent longtemps l'astre pendant les nuits de pleine lune ont l'impression de voir un grand visage souriant!

LE LIVRE DES ENCHANTEMENTS

Il était une fois...la demeure d'un ogre au milieu d'une forêt si sombre et épaisse que tout le monde cherchait à l'éviter.

L'ogre était un être grand et gros, sans pitié et sans coeur, mais qui avait la manie de l'ordre. Avec le temps, il se mit à réfléchir: "Je suis toujours à la chasse et à la pêche et j'aurais vraiment besoin de quelqu'un qui s'occupe de ma maison. Quand je rentre chez moi, je voudrais voir toujours le sol propre, le feu allumé, la vaisselle faite et le linge fraîchement lavé".

Un jour, alors qu'il était à l'affût à la lisière de la forêt, il vit arriver un garçon et une fille, frère et soeur, qui cherchaient des champignons.

Aussitôt, il les saisit et revint tout content à la maison.

"Nous voici arrivés!", dit-il en les déposant sur la grande table de la cuisine. "A partir d'aujourd'hui, vous serez mes serviteurs! Je veux qu'ici tout soit propre et reluisant: en échange, vous aurez à manger à volonté. Mais attention: si vous ne m'obéissez pas ou si vous cherchez à fuir, je vous mangerai!".

Remis de leur première épouvante, les enfants, résignés, obéirent à l'ogre. Celui-ci, pour sa part, était satisfait de trouver sa maison toujours bien rangée. Le soir, après le dîner, l'ogre essayait de lire avec peine un étrange livre.

"C'est le livre des enchantements!", dit un jour le frère à sa soeur, en regardant les pages jaunies, tandis que l'ogre était dehors. "Je dois apprendre par coeur toutes ces formules magiques! Seulement après nous pourrons essayer de nous échapper!".

La petite soeur le regarda avec confiance:

"Je suis sûre que tu réussiras!".

En effet, un jour la fillette l'entendit dire: "Voilà, maintenant j'en sais assez. Nous pouvons nous échapper!".

"Mais si l'ogre nous retrouve?".

"Laisse-moi faire! Je saurai comment me défendre!", et le garçon prit sa soeur par la main et se mit à courir.

Ils couraient depuis plus de deux heures, quand l'ogre, furieux, les rejoignit. Alors, tout de suite, le garçon fit le premier des enchantements: il se transforma lui-même en lac et convertit sa soeur en poisson. L'ogre, qui les vit disparaître devant lui, comprit qu'il avait été dupé. Puis il pensa: "Je vais tout de suite chercher une canne à pêche...". Quand il se fut éloigné, les deux enfants reprirent leur forme et poursuivirent leur fuite. Mais l'ogre, avec ses longues jambes, allait à nouveau les rejoindre, lorsque le garçon fit un deuxième enchantement: les deux enfants se transformèrent en un four, semblable à ceux que les paysans utilisent à la campagne pour faire le pain. L'ogre, toujours plus fâché, hurla: "Ah, vous êtes devenus un four, cette fois! Bien, je vous brûlerai!" et il alla chercher un fagot de bois pour allumer le feu. Entretemps, les deux avaient repris leur fuite, mais ils ne couraient plus très vite, puisqu'ils étaient fatigués et essoufflés...

Ils allaient être capturés à nouveau, quand le garçon fit un troisième enchantement et les enfants se tranformèrent en deux grains de blé, mélangés à des milliers d'autres grains de blé d'une basse cour. Cette fois, l'ogre, sûr de lui, s'exclama: "Vous êtes pris au piège, parce que la seule magie que j'aie apprise est celle de me transformer en coq". Et, après avoir prononcé trois fois "cocorico", il se mit à picorer le blé. Un instant avant d'être avalé, le garçon se transforma en renard, sauta sur le coq et le tua!
Ainsi les deux enfants purent rentrer enfin à la maison tout heureux et le garçon devint, avec le temps, un célèbre magicien qui étonnait tout le monde avec ses merveilleux enchantements.

LE JEU D'ECHECS

Il était une fois..., en Perse, un roi qui vivait heureux avec sa très belle femme et son fils nommé Gao. Mais un jour, durant une battue de chasse, le roi tomba de cheval et mourut.

Gao était trop petit pour régner; ce fut donc son oncle, le prince Maï, qui monta sur le trône. Celui-ci avait toujours été secrètement amoureux de la reine et, un an après, il lui demanda de l'épouser. De leur mariage nacquit un enfant du nom de Taléo.

Mais le destin, malheureusement, s'acharna aussi sur le nouveau roi, qui mourut après une longue maladie.

Avant d'expirer, le souverain réunit le conseil de la couronne et nomma sa femme régente, annonçant à la fin:

"Lorsque Gao et Taléo seront grands, vous choisirez comme roi celui des deux qui se sera montré le plus sage!".

Les années passèrent. Les enfants grandissaient ensemble et, de temps en temps, ils demandaient à leur mère:

"Qui de nous deux sera le roi?".

La reine répondait en soupirant: "Celui qui sera le plus sage!".

Mais elle pressentait que le choix serait difficile: les garçons, tous deux, méritaient de monter sur le trône et cela engendrerait orcément leur rivalité.

D'abord les serviteurs, puis les courtisans, finalement tout le peuple prit parti pour l'un ou l'autre des deux frères. Le conseil de la couronne avait essayé plusieurs fois d'évaluer la sagesse des deux jeunes gens, mais tous deux avaient brillamment réussi l'épreuve. En outre, les deux s'étaient toujours montrés loyaux et valeureux: donc le choix restait très difficile. Les ministres se réunirent une dernière fois et décidèrent que c'était à la reine de choisir le nouveau roi. Mais elle non plus n'était à même de résoudre le dilemne. Cette terrible incertitude avait désormais opposé de façon irrémédiable les deux frères et, derrière chacun d'eux, s'était

rassemblée aussi une partie de l'armée: la guerre civile allait sûrement éclater. La Perse entière retenait son souffle, en attendant la bataille qui déciderait qui serait le roi. On arriva à l'affrontement. Les deux armées s'alignèrent dans la vaste plaine en face de la capitale. En première file, les fantassins, puis les porte-drapeaux; derrière la cavalerie et, comme ultime réserve, les éléphants avec les tours de combat. Le massacre commença: le premier jour, tous les fantassins des deux camps furent tués; le lendemain, ce fut le tour des porte-drapeaux de se jeter dans la mêlée: aucun d'eux ne survécut. Les deux frères rivaux - qui s'aimaient pourtant toujours - envoyèrent alors à l'attaque la cavalerie. Chaque soldat reçut l'ordre de ne pas tuer le roi des adversaires et de lui crier: "Sauve-toi, ô roi!", s'il était en danger.

Les cavaliers aussi s'entretuèrent tous. Mais Gao, qui avait astucieusement manoeuvré ses éléphants, surprit les troupes adverses par derrière et Taléo fut encerclé.

Les soldats sur les éléphants avaient beau lui crier: "Sauve-toi, ô roi!", Taléo n'avait plus d'issue. La douleur causée par cette humiliation fut si grande que son coeur céda et il tomba mort.

Quand Gao apprit la mort de son frère, il reprocha en pleurant à ses généraux:

"J'avais pourtant donné l'ordre de le capturer vivant, pas mort!".

"Majesté, personne ne l'a frappé; il est mort quand il a compris qu'il n'avait plus moyen d'en sortir...".

La reine avait assisté avec angoisse à la bataille: elle savait qu'elle y perdrait l'un de ses fils, de toute façon.

Mais lequel? Elle les aimait tous deux et du même amour!

Lorsqu'elle vit surgir au loin les éléphants
avec les tours sur lesquelles flottaient les
étendards de Gao, la pauvre femme,
désespérée, fut sur le point de se suicider.
On eut beaucoup de peine à la retenir.
Quand Gao arriva au palais, il se jeta à ses
pieds: "Pardonne-moi, mère, de t'avoir causé
une si grande douleur, mais le cruel destin
en a décidé ainsi!".
"Tu as tué ton frère, je ne te pardonnerai
jamais!", lui dit sa mère en sanglots.
"Ce n'est pas vrai!", répliqua Gao. "Taléo est
mort tout seul, quand il s'est rendu compte
que pour lui la bataille était perdue.
Personne n'a osé transgresser mon ordre de
l'épargner!".
"Comment pourrais-je te croire et continuer à
vivre auprès de toi?", lui dit sa mère en le
regardant. Et pourtant, sa mère l'aimait
encore. Gao continua: "Donne-moi trois
jours et je te démontrerai que ce n'est pas
moi qui ai tué mon frère!".

Gao appela les menuisiers de la cour. Il leur ordonna de construire une grande table carrée sur laquelle il fit peindre cent cases noires et cent cases blanches alternées.

Puis il fit sculpter, dans l'ébène et dans l'ivoire, deux armées en miniature. Chaque armée était formée de dix fantassins, deux porte-drapeaux, deux cavaliers et deux éléphants avec la tour et était commandée par un majestueux roi couronné.

Quand tout fut prêt, Gao appela sa mère et reconstitua toutes les phases de la bataille en déplaçant ses pions:

"Tu vois, mère: j'ai fait avancer mes fantassins de cette façon et Taléo a réagi en déplaçant les siens comme cela. Puis les porte-drapeaux de Taléo ont chargé, mais ils ont été stoppés par les miens ainsi. Voilà maintenant la cavalerie de Taléo qui bouge et la mienne qui s'oppose! Regarde comme le déroulement de la bataille est clair! Chaque fois que mon frère risquait d'être tué, mes soldats avaient l'ordre de lui crier: - Sauve-toi, ô roi! - et lui avait ainsi la possibilité de se retirer et de se mettre à l'abri!".

Gao, triste, continua: "Taléo était très courageux, mais il a commis trop de fautes en manoeuvrant ses troupes et, lorsque mes éléphants l'ont encerclé, il s'est senti perdu, ne pouvant plus s'enfuir. Voilà pourquoi son coeur n'a pas résisté. Mon frère avait compris qu'il avait perdu la bataille: c'est pour cela qu'il est mort!".

La reine fut convaincue que Gao avait vraiment voulu épargner son frère et lui dit: "Je ne puis te reprocher la mort de Taléo! Nous le regretterons ensemble. Maintenant pense à régner: la Perse a besoin d'un souverain sage comme toi!". Elle demanda, toutefois, à son fils de lui laisser l'échiquier avec les deux armées d'ébène et d'ivoire. Pendant des mois elle fit bouger les pièces pour trouver une solution différente à la bataille.

Parfois, il lui arrivait de faire gagner Taléo; d'autres fois, c'était l'armée de Gao qui gagnait. A la fin de chaque bataille, l'un des deux rois succombait forcément: la douleur de la pauvre femme n'avait ainsi jamais de fin. En vain, elle tenta de trouver une solution impossible, où aucun des deux frères ne succombât.

Un matin, elle fut retrouvée morte, la tête sur l'échiquier.

Ce fut à partir de cette histoire qu'on inventa le jeu d'échecs.

BARBE-BLEUE

Il était une fois..., dans une vallée des Pyrénées, un grand et beau château. Dans cette forteresse, vivait un seigneur très riche et puissant, redouté de tous, appelé Barbe-bleue à cause de la couleur de sa longue barbe.

C'était un homme grand et gros qui avait une force terrible et qui se mettait en colère pour un rien. C'était aussi un bel homme, qui avait eu cinq femmes jeunes et belles. Toutes les cinq, cependant, étaient mortes peu après leur mariage.

Dans le village au pied du château, quand on parlait de Barbe-bleue et de ses cinq femmes, tous faisaient le signe de la croix et, entre une allusion et un sous-entendu, s'échangeaient des regards significatifs. En effet, cinq jeunes femmes, vraisemblablement saines et normales, qui soudain étaient tombées malades soit de variole, soit de pneumonie, soit d'une étrange infection mortelle, cela paraissait fort suspect aux yeux de tous. Mais personne n'osait demander à Barbe-bleue d'autres détails sur les mystérieuses disparitions, si grande était la crainte que ce personnage douteux inspirait. Un jour, la nouvelle se répandit que Barbe-bleue allait se remarier.

"On dit qu'elle est très belle", racontaient certains villageois. "Pourvu qu'elle ne finisse pas comme les cinq autres!", souhaitaient-ils tous. Les gens étaient en somme curieux de voir si la nouvelle épouse resterait longtemps en vie. Ces rumeurs n'étaient pas parvenues à la petite ville où vivait Elisabeth, l'épouse promise, qui croyait avoir devant elle un avenir radieux, en se mariant avec un homme si riche et puissant.

Craignant de rester longtemps seule, étant donné que son futur mari lui avait annoncé qu'il serait souvent absent, Elisabeth demanda à sa soeur Anne de l'accompagner au château de Barbe-bleue.

"Heureusement que tu es là pour me tenir compagnie!", dit Elisabeth à sa soeur en l'embrassant étroitement quand elle vit les sombres tours crénelées du château.

"Brrr! Quelle étrange impression me fait ta nouvelle maison!", répliqua Anne. Une lourde grille de fer se leva devant elles pour les faire entrer dans la maison, tandis que des serviteurs silencieux faisaient la haie à leur passage. Toutes les deux cherchaient à chasser leurs mauvaises pensées, alors que Barbe-bleue, de sa grosse voix, hurlait au majordome de préparer le dîner. Le lendemain, aussitôt levé, Barbe-bleue appela sa femme: "Je dois partir tout de suite pour aller punir des paysans qui ne m'ont pas payé leur dû! Je resterai loin quelques jours. Entretemps, voici les clefs du château: pendant mon absence, visite toutes les pièces. Tu pourras faire ce que tu veux: je

t'interdis seulement d'entrer dans la dernière chambre de la tour la plus haute".

En prenant les clefs, la jeune épouse répondit:
"Ne t'inquiète pas, je t'obéirai!". Ils s'embrassèrent, puis Barbe-bleue monta sur son carrosse et partit. Elisabeth fut ravie de pouvoir visiter librement sa nouvelle demeure.

Elle explora le château de fond en comble, monta dans chaque tour, admira les objets de valeur et les oeuvres d'art qui décoraient les salles. Deux fois elle passa devant la porte interdite, sans oser l'ouvrir. Mais le lendemain matin, aussitôt levée, elle fut prise d'une grande curiosité: "Si personne ne me voit, mon mari ne saura jamais que je lui ai désobéi! Je dois savoir ce qu'il y a dans cette pièce, coûte que coûte!".
Puis, sans avertir sa soeur, elle monta dans la tour.
Mais, quand elle eut ouvert la porte, elle poussa un cri d'horreur: elle avait aperçu, appuyés aux parois, les corps des cinq femmes que Barbe-bleue avait épousées et puis tuées. Oui, tuées, car sur le sol il y avait encore un long couteau ensanglanté!

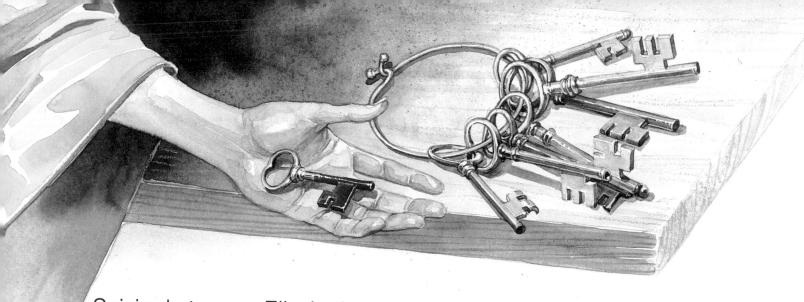

Saisie de terreur, Elisabeth courut se réfugier dans sa chambre, mais son épouvante augmenta encore quand elle remarqua que la clef, qu'elle avait utilisée pour ouvrir la porte interdite, s'était tâchée de sang.

"Je dois la nettoyer avant que mon mari ne revienne!", se dit-elle, la mort dans l'âme. Mais elle avait beau la nettoyer, la tâche rouge ne disparaissait pas.

Peu après, la voix de son mari retentit du fond des escaliers: "Elisabeth, où es-tu? Où te caches-tu?".

La pauvre femme pâlit, lorsqu'elle vit son mari, et dut s'appuyer à la table, croyant s'évanouir:

"Tu es déjà là?", demanda-t-elle en tremblant.

"Pourquoi trembles-tu?", l'interrompit Barbe-bleue. "T'est-il arrivé quelque chose?".

"Non, non! Rien! Cela m'a fait peur de te voir ainsi à l'improviste", répondit Elisabeth en essayant de se ressaisir.

Heureusement, Barbe-bleue ne demanda pas tout de suite à sa femme de lui rendre les clefs. Elisabeth, pleine d'angoisse, réussit à confier à sa soeur son terrible secret. Anne, terrorisée par la nouvelle, enleva son précieux collier et dit:

"Je l'offrirai à l'un des serviteurs, afin qu'il coure aviser nos frères; espérons qu'ils arriveront à temps!".

En fait, c'était une question de temps: si Barbe-bleue s'apercevait que la clef était tâchée de sang...

Après le dîner, Elisabeth, prétextant une migraine, demanda à son mari la permission de se retirer dans ses appartements.

Celui-ci secoua la tête avec méfiance. Mais le lendemain matin, il se précipita dans la chambre de sa femme:

"Où sont les clefs que je t'ai données?".

Elisabeth, qui n'avait pas fermé l'oeil de la nuit, essaya de les cacher derrière son dos. "Donne-les-moi!", s'écria Barbe-bleue, en les lui arrachant des mains.

Aussitôt, il remarqua la clef souillée de sang: "Maudite! Tu m'as désobéi! Tu es entrée dans la chambre! Tu feras la même fin qu'elles!" et il leva une main menaçante sur sa femme.

"Pitié! Pitié!", hurla la malheureuse, en tombant à genoux devant lui, "je ferai tout ce que tu me demanderas! Je t'en supplie...ne me tue pas!". Mais Barbe-bleue prit un grand couteau, la saisit par les cheveux et...

"Pour l'amour que tu m'as juré, donne-moi au moins une heure de temps pour me retirer et prier avant de mourir!", implora-t-elle d'une voix suppliante. Barbe-bleue s'arrêta indécis.

"Je t'en prie! Je t'en prie!", conjura encore Elisabeth, les yeux pleins de larmes.

le silence. Tout était fini! Elisabeth se retrouva dans les bras de ses frères qui la consolaient: "Nous sommes partis dès que nous avons reçu ton message. Nous avons chevauché toute la nuit. Par bonheur, nous sommes arrivés à temps pour te sauver et venger aussi ces pauvres femmes!".

"D'accord! Dis seulement tes prières! Mais dans une heure tu mourras!".

La pauvre femme n'avait plus qu'une heure de vie devant elle! Si ses frères n'arrivaient pas à temps, ce serait la fin pour elle. De la fenêtre de sa chambre, elle scrutait la route blanche qui conduisait au château. Les minutes passaient lentement...Rien! Toujours rien! Enfin elle aperçut, tout au fond, un petit nuage de poussière qui grandissait à mesure qu'il s'approchait.

"Les voilà! Ce sont eux!", s'écria la jeune femme pleine d'espoir. Mais déjà son mari l'appelait:

"L'heure est passée! Viens...!".

Derrière la porte fermée que Barbe-bleue essayait d'enfoncer, on entendit soudain un hurlement terrible et un fracas d'épées. Puis

Il y avait une fois....

... un petit soldat de plomb qui, bien qu'ayant été fondu dans le métal comme ses compagnons, aussi étrange que cela puisse paraître, démontra avoir un coeur et éprouver des sentiments. Voici l'extraordinaire histoire de ses aventures.

LE VAILLANT PETIT SOLDAT DE PLOMB

Il était une fois...un petit garçon qui avait beaucoup de jouets et passait avec eux de longues heures heureuses.

Un de ses jeux préférés était la bataille des petits soldats de plomb: il disposait les statuettes en rangs opposés et la guerre commençait...

Quand on lui avait offert les petits soldats, il s'était aperçu que l'un d'eux n'avait qu'une jambe: sans doute une erreur de fusion.

Pourtant, quand l'enfant jouait, il plaçait toujours au premier rang, devant tous les autres, le petit soldat mutilé et l'incitait à se montrer valeureux.

L'enfant ignorait que, pendant la nuit, les jouets s'animaient et parlaient entre eux.

Souvent le petit garçon, lorsqu'il disposait en rangs bien ordonnés tous ses petits soldats, oubliait le soldat sans jambe au milieu des autres jouets. Ce fut ainsi que le petit soldat de plomb fit la connaissance d'une gracieuse ballerine, elle aussi en métal.

Ils éprouvèrent une grande sympathie l'un pour l'autre et le petit soldat tomba amoureux d'elle.

Les nuits passaient rapidement, l'une après l'autre; le petit soldat amoureux ne trouvait jamais le courage de déclarer son amour.

Quand les mains du garçonnet le déplaçaient, pendant les batailles avec les autres petits soldats, il espérait qu'elle verrait combien il était courageux.

Le soir, quand la petite danseuse lui demandait s'il avait eu peur, il répondait fièrement que non.

Mais les regards insistants et les soupirs du petit soldat n'échappèrent pas au petit diable enfermé dans la boîte à surprise. Chaque fois qu'à minuit la boîte s'ouvrait par magie, un doigt accusateur pointait vers le petit soldat.

Jusqu'à ce qu'une nuit le petit diable éclata:

"Eh toi! Ne regarde pas trop la ballerine!".

Le pauvre petit soldat confus rougit, mais la gentille danseuse le réconforta: "N'écoute pas ce vilain envieux! J'aime bien causer avec toi!". En disant cela, elle devint toute rouge elle aussi.

Pauvres statuettes de plomb, si timides au point de ne pas oser s'avouer leur amour!

Jusqu'au jour où les deux amoureux furent séparés.

L'enfant prit le petit soldat et le posa sur le rebord de la fenêtre.

"Reste ici et monte bien la garde! Aucun ennemi ne doit entrer! Même si tu n'as qu'une jambe, tu peux faire le guêt!".

Puis il se mit à jouer sur la table avec les autres petits soldats.

C'était l'été; les jours suivants le petit soldat ne fut pas déplacé de son poste.

Un après-midi, un orage éclata soudain. Un vent violent fit claquer la fenêtre et la statuette de plomb précipita dans le vide.

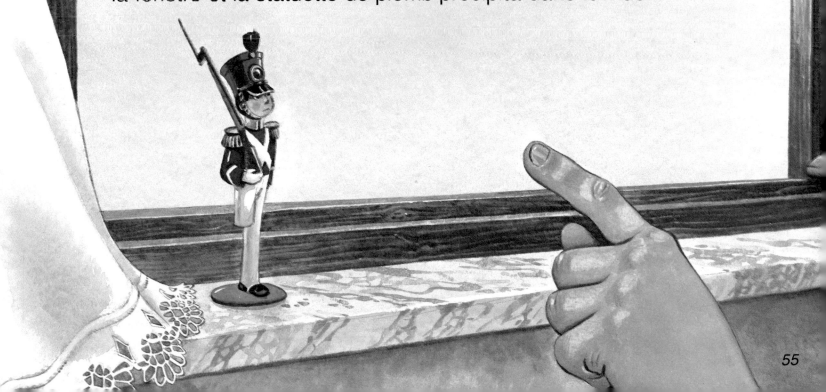

Il tomba la tête en bas, et la baïonnette de son fusil se planta dans le sol. Une véritable tempête se déchaîna!

La pluie qui tombait à verse forma bientôt d'immenses flaques. Des quantités de ruisselets se déversaient dans les égouts.

Sous le porche d'une école voisine, une nuée d'enfants attendait qu'il cessât de pleuvoir.

Enfin la pluie sembla vouloir diminuer et tous s'élancèrent en courant pour rentrer à la maison.

Les garçons, en chahutant, sautaient pour éviter les plus grandes flaques: deux d'entre eux s'abritaient de la dernière petite pluie, en rasant les murs des maisons.

Ce fut alors qu'ils virent le petit soldat planté dans la boue.

"Dommage qu'il n'ait qu'une jambe! Sinon je l'aurais pris chez moi!", dit l'un des garçons.

L'autre le ramassa et l'enfila dans sa poche: "Prenons-le quand même, il servira bien à quelque chose!".

De l'autre côté de la rue où se trouvaient les garçons s'écoulait un ruisseau.

Le courant rapide transportait un petit bateau de papier.

"Vite! Mettons-y le petit soldat; ce sera un marin!", dit l'enfant qui l'avait ramassé.

Ce fut ainsi que le petit soldat de plomb devint navigateur!

L'eau tourbillonante de la rigole se jetait dans la bouche d'un égout: le petit bateau y fut entraîné.

Dans le caniveau, l'eau était profonde et boueuse. De gros rats grinçant des dents regardaient passer devant eux l'insolite passager du petit bateau imbibé d'eau et presque submergé.

Il en fallait cependant bien plus pour épouvanter le petit soldat de plomb qui avait affronté tant de dangers dans ses batailles.

L'eau du caniveau se jetait à son tour dans la rivière où la barquette parvint désormais renversée, au milieu de hautes vagues. Le petit soldat comprit que sa fin était très proche.
Après le naufrage, il coula dans l'eau profonde.
Mille pensées lui traversaient l'esprit, mais une seule l'angoissait vraiment: "Je ne reverrai plus jamais ma douce ballerine!".
Peu de temps après, une bouche immense arriva pour l'engloutir et changer à nouveau son destin.
Le pauvre petit soldat se retrouva dans l'estomac sombre d'un gros poisson qui s'était précipité goulûment sur lui, attiré par les couleurs chatoyantes de son uniforme.
Le poisson n'eut pourtant pas le temps de se réjouir de son repas indigeste: il fut aussitôt pris dans les filets qu'un pêcheur avait jetés dans la rivière.
Peu après, il gisait, moribond, parmi d'autres malheureux comme lui, dans un panier qui était transporté au marché.

C'est à ce même marché que se rendait précisément la cuisinière de la maison où notre héros habitait.

"Voilà, celui-ci conviendrait bien aux invités que nous aurons ce soir!", se dit la femme en voyant le gros poisson exposé sur un banc. Le poisson finit ainsi à la cuisine; quand la cuisinière l'ouvrit pour le nettoyer, elle s'étonna d'y trouver le petit soldat de plomb.

"Mais c'est un des petits soldats de...", et elle courut vers l'enfant pour lui faire part de sa découverte.

"C'est vrai, c'est le mien!", dit le garçon qui avait immédiatement reconnu son petit soldat unijambiste.

"Va savoir comment il a fait pour arriver dans le ventre de ce poisson! Le pauvre! Qui sait tout ce qu'il a dû endurer, depuis qu'il est tombé de la fenêtre!".

La brave femme plaça le petit soldat sur le rebord de la cheminée, où la soeur avait posé la ballerine.

Un miraculeux destin avait à nouveau réuni les deux amoureux. Ils étaient heureux: enfin, la nuit, ils pouvaient se parler et se raconter tout ce qui leur était arrivé.

Un sort maléfique allait cependant leur réserver des surprises: un violent courant d'air souleva le lourd rideau de la fenêtre qui heurta la petite danseuse et la fit précipiter dans le feu de la cheminée.

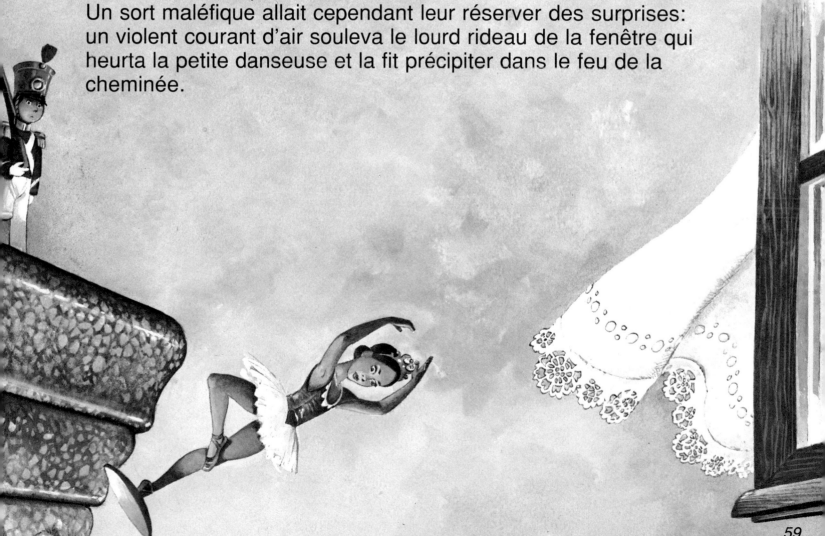

Le petit soldat de plomb vit avec terreur tomber sa compagne.
Il savait qu'au-dessous, dans la cheminée, le feu était allumé: il
en sentait monter la chaleur. Il était désespéré de ne pouvoir rien
faire pour la sauver.
Pour une statuette de plomb le feu est un ennemi redoutable,
parce qu'il peut fondre le métal.
En se balançant sur son unique jambe, il essaya de faire avancer
son piédestal...
Il persévéra dans son terrible effort tant et si bien qu'il tomba lui
aussi dans le feu.

Ainsi, même dans la mésaventure, ils se retrouvèrent encore une fois très proches; si proches que le métal de leurs socles se mit à fondre. Le plomb des deux supports se mélangea et le métal, désormais liquide, prit étrangement la forme d'un coeur.

Leurs corps aussi commençaient à fondre, lorsque le garçon, en passant devant la cheminée, aperçut les deux statuettes au milieu des flammes; du pied, il les éloigna de la chaleur.

Depuis lors, le soldat et la ballerine furent conservés réunis à jamais sur leur unique socle en forme de coeur, ainsi que le destin l'avait voulu.

LES NAINS MAGICIENS

Il était une fois...un pauvre cordonnier qui vivait misérablement: sa vue baissait et l'empêchait de travailler comme avant.

Un soir, découragé, il se mit au lit en laissant une paire de chaussures à moitié réparées. Le matin suivant, il trouva son travail achevé, mais, sachant qu'il avait peu de mémoire, il n'y attacha pas beaucoup d'importance. Pendant la journée, il prépara le nécessaire pour faire une nouvelle paire de chaussures à un riche client.

"Je me mettrai au travail demain matin, quand il y aura davantage de lumière!", se dit-il.

Mais le matin suivant, à sa grande surprise, il trouva sur la table, à la place du cuir, une très jolie paire de chaussures.

Plus tard le client passa pour savoir où en était le travail.

Voyant les chaussures déjà prêtes et si bien faites, il paya au cordonnier le double du prix convenu. Le cordonnier, confus, se demanda ce qui lui arrivait. Le soir, il remit sur la table le cuir pour une nouvelle paire de chaussures et le lendemain la scène se répéta.

Les chaussures étaient là, brillantes et parfaites. Celles-ci furent aussitôt vendues à un prix plus élevé.

Etant donné que chaque soir le cordonnier laissait le nécessaire pour son aide mystérieux et que chaque matin il retrouvait une paire de chaussures neuves déjà prêtes, il réussit bien vite à mettre de côté un joli petit magot.

Sa femme s'aperçut qu'il gagnait beaucoup d'argent. Méfiante, elle lui demanda des explications. Quand elle sut la vérité, elle proposa: "Attendons la nuit! Cachons-nous pour voir ce qui se passe!". Ce fut ainsi qu'ils découvrirent deux petits nains qui, à minuit juste, entraient dans le magasin et, rapides et précis, en moins de deux, préparaient les nouvelles chaussures. C'était l'hiver. Les deux nains, couverts seulement de vêtements usés, tremblaient de froid pendant qu'ils travaillaient.

"Les pauvres! Ce qu'ils ont froid!", dit à voix basse la femme à son mari. Pour demain soir, je leur préparerai deux belles casaques en laine épaisse: ils auront plus chaud et feront peut-être davantage de chaussures.

Le lendemain à minuit, deux belles petites vestes rouges aux boutons d'or attendaient les nains sur la table, à côté du cuir. Les deux nains, ravis, enfilèrent les vestes et se mirent à danser en criant: "Oh, les belles casaques! Nous n'aurons plus jamais froid!".

"Allons, au travail maintenant!", dit l'un des deux peu après. Mais l'autre aussitôt répliqua:

"Travailler? Jamais plus! Avec ces deux vestes nous sommes riches et n'avons plus besoin de travailler!".

Et ils s'en allèrent pour toujours, laissant le cordonnier et sa femme Gros-Jean comme devant.

LA QUEUE DE L'OURS

Il était une fois...un pêcheur qui, l'hiver venu, tournait avec sa charrette pour vendre ses truites. Alors qu'il passait au milieu d'une forêt, un renard perçut l'odeur du poisson, et se mit à suivre la charrette sans être vu.

Le pêcheur transportait les truites dans de longs paniers d'osier. Le renard, qui s'était approché, épiait les gros poissons et en avait l'eau à la bouche. Il aurait bien voulu sauter sur la charrette; il craignait cependant le long fouet que le pêcheur faisait claquer de temps en temps pour inciter ses chevaux à avancer rapidement sur la neige.

L'odeur alléchante du poisson frais lui fit pourtant vaincre sa peur: d'un bond il sauta à l'arrière du chariot et d'un coup de patte fit tomber sur la neige l'un des paniers d'osier. Le pêcheur ne s'aperçut de rien et poursuivit tranquillement son chemin.

Le renard, satisfait, ouvrit la corbeille; il s'apprêtait à mordre à belles dents sa première truite, quand il vit l'ours surgir devant lui.

64

"Où as-tu pris ces truites magnifiques?", lui demanda la grosse bête, l'air affamé.

"Je viens de les pêcher!", répondit calmement le renard.

"Pêcher?! Si le lac est gelé", répliqua l'ours incrédule, "comment as-tu pu les pêcher?".

Dès le début, le renard comprit que, s'il voulait manger le fruit de son larcin tout seul, il lui fallait trouver un prétexte pour éloigner l'ours. Et il ne trouva rien de mieux à lui répondre:

"Je les ai pêchées avec ma queue!".

"Avec ta queue?!", demanda l'ours encore plus étonné.

"Certainement! Avec ma queue! J'ai fait un trou dans la glace, j'y ai mis ma queue et, dès que j'ai senti mordre, je l'ai vite retirée avec le poisson attaché!".

L'ours se tâta la queue et dit au renard:

"Merci! Je vais tout de suite pêcher moi aussi!".

Le lac n'était pas loin, mais la glace était très épaisse.

L'ours eut donc beaucoup de peine à creuser un trou, mais finalement, grâce à ses puissantes griffes, il y réussit.

Le soir tombait et le froid augmentait. Tout frissonnant, l'ours s'assit sur le trou, la queue dans l'eau. Le temps passait, mais aucun poisson ne mordait.

L'ours était transi de froid; l'eau du lac recommençait à geler autour de sa queue engourdie.

Ce fut alors que l'animal eut la sensation qu'un poisson mordait à sa queue: d'un coup il tira de toutes ses forces. Il sentit un déchirement et une douleur aigüe: il se retourna pour voir quelle sorte de poisson il avait pêché...mais il s'aperçut qu'il n'avait plus de queue. Elle était restée prisonnière de la glace.

Voilà pourquoi depuis ce jour les ours, au lieu de la belle queue d'autrefois, n'ont plus qu'une misérable touffe de poils.

RUSE DE PAYSAN

Il était une fois...un paysan qui allait travailler chaque jour loin de chez lui, dans les champs d'un riche baron.

Au-delà de la plaine s'élevaient de hautes montagnes où se cachaient autrefois des bandes de malfaiteurs.

Depuis que l'empereur avait envoyé ses soldats pour dénicher les bandits et les tuer, toute la zone était désormais tranquille.

Çà et là, il arrivait cependant de trouver encore quelques armes rouillées, dispersées dans les champs.

Ce fut précisément en déracinant une souche foudroyée que le paysan trouva un trésor: un petit sac de monnaies d'or. Jusqu'à ce jour, le paysan n'avait tenu dans ses mains calleuses que quelques rares monnaies d'argent; en voyant tout cet or, il demeura si abasourdi qu'il ne vit pas le temps passer. La lune était déjà haute lorsqu'il se décida à rentrer avec son trésor.

Le long du chemin, il songea aux ennuis que cette fortune imprévue pourrait lui causer. Avant tout, selon la loi, tout ce qu'on trouvait sur les terres du baron lui appartenait: donc, il aurait dû lui remettre les monnaies d'or. Le paysan, qui était très pauvre, trouva plus juste de garder le trésor que de le livrer au baron, déjà fort riche.

Il était cependant conscient du danger qu'il courrait, si quelqu'un avait eu vent de sa découverte. Certes lui ne révélerait jamais rien, mais sa femme, une grande bavarde, garderait difficilement le secret; et il finirait certainement en prison.

A force d'y penser, il crut avoir trouvé une solution.

Avant d'arriver à la maison, il cacha la petite bourse pleine de monnaies d'or dans un bois de pins et, le jour suivant, au lieu d'aller travailler dans les champs, il passa au village acheter des gimblettes d'orge, quelques belles truites et un lièvre vivant. Puis, dans l'après-midi, il rentra à la maison et dit à sa femme:
"Prends ton panier et viens avec moi! Il a plu et le bois est plein de champignons! Nous devons y arriver avant les autres!".
La femme, très gourmande, ne se le fit pas dire deux fois: elle prit le panier et suivit son mari. Ils étaient depuis peu au milieu des arbres, lorsque le paysan courut vers sa femme en criant:
"Regarde! Regarde! Nous avons trouvé l'arbre aux gimblettes!" et il lui montrait les biscuits qu'il avait, le matin, suspendus aux branches.
La femme en resta bouche bée, mais quelle ne fut pas sa surprise quand, dans l'herbe et sous les arbres, ils trouvèrent des truites à la place des champignons. Le paysan riait, satisfait:
"Tu vois, c'est notre jour de chance! Mon grand-père disait que chaque homme en a seulement un dans sa vie et que ce jour-là il pourrait même trouver un trésor!".
La femme du paysan, qui était aussi très crédule, n'eut aucune peine à croire aux paroles de son mari. Elle répétait sans cesse en cherchant par terre: "C'est notre jour de chance!".

Le panier de la femme était rempli de poisson et, quand ils arrivèrent enfin au bord de la rivière, le paysan courut au milieu des joncs en disant à sa femme: "Hier j'ai posé des filets et je veux voir si j'ai attrapé quelques crabes ou poissons".

Quelques minutes plus tard, la femme entendit son mari crier: "Viens voir ce que j'ai trouvé dans les filets! Quelle chance extraordinaire! J'ai même pêché un lièvre, aujourd'hui!".

En rentrant à la maison, la femme continuait à bavarder toute excitée, pensant au bon repas qu'elle préparerait avec le lièvre, les truites et les gimblettes.

"Repassons par le bois de pins! Il pourrait y avoir encore quelques gimblettes!", proposa le paysan.

Finalement, ils arrivèrent à l'endroit où le paysan avait caché la petite bourse de monnaies d'or. Celui-ci fit semblant de trébucher: "Regarde ce qu'il y a ici! Comme c'est étrange, une petite bourse...Mais ce sont des monnaies d'or! C'est un bois enchanté! D'abord les gimblettes sur les arbres, puis les truites dans les prés et maintenant... les monnaies d'or!".

La pauvre femme, de joie et d'émotion, en avait les larmes aux yeux. Elle, qui parlait toujours, palpait les pièces sans rien dire.

Après le dîner, aucun des deux ne parvenait à s'endormir; plusieurs fois, ils se levèrent pour aller regarder le trésor.

Le lendemain, le paysan se rendit comme d'habitude au travail, après avoir recommandé à sa femme:

"Ne raconte rien à personne de ce qui nous est arrivé hier!".
Et le jour suivant il lui répéta cette même recommandation.
Malgré cela, une semaine après, tout le village parlait de leur trésor.
Ils furent ainsi appelés devant le baron; le paysan, en entrant, fit en
sorte de rester derrière sa femme. Celle-ci, invitée
à raconter l'histoire du trésor, ne se le fit pas répéter: elle se mit à
parler des gimblettes trouvées sur les arbres, puis des truites dans le
pré et finalement du lièvre dans la rivière. Pendant ce temps, son
mari, derrière elle, faisait des gestes et se touchait la tête avec la
pointe de l'index. Le baron, entendant ces discours extravagants, se
mit à regarder la femme avec compassion:
"...et puis je parie que vous avez trouvé même un trésor!".
"Oui, Votre Seigneurie!", continua la femme triomphante.
Le baron s'adressa alors au paysan, se touchant lui aussi la tête avec
l'index: "Malheureusement...ma femme aussi!", dit-il d'un air entendu.
Les paysans furent renvoyés à la maison sans que l'histoire du trésor
fût tenue pour vraie.
Ainsi l'astucieux paysan évita la prison et dépensa son argent sur
une longue période, de façon à ne pas attirer l'attention.

LE HARICOT MAGIQUE

Il était une fois...une pauvre femme qui vivait avec son fils Jacquot dans une maisonnette en pierre.

Leur seule richesse était une vache laitière. Quand la vache devint trop vieille, la mère envoya Jacquot la vendre au marché. En chemin, il rencontra un étrange voyageur.

"Je t'offre cinq haricots magiques en échange de ta vache!", proposa l'étranger.

Jacquot, méfiant, hésita longtemps; puis il décida d'accepter. Lorsqu'il revint à la maison, sa mère, furieuse, le gronda sévèrement: "Malheureux! Qu'est-ce que tu as fait?! Cet argent nous servait à acheter un veau. Maintenant nous n'avons plus rien et sommes plus pauvres qu'avant!".

Jacquot, plein de remords, restait tout penaud.

"Seul un pauvre sot aurait troqué une vache contre cinq haricots", poursuivait en criant la mère en colère.

Puis, au comble de l'exaspération, elle prit les cinq haricots, les jeta par la fenêtre et envoya Jacquot au lit sans manger.

Le matin suivant, Jacquot, sortant de la maison, eut l'extraordinaire surprise de voir qu'une gigantesque plante de haricots avait poussé pendant la nuit; elle était si haute qu'elle dépassait les nuages.

"Alors les haricots étaient vraiment magiques!", pensa Jacquot tout heureux.

Curieux, il grimpa le long de la plante, en atteignit la cime et se trouva au-dessus des nuages.

Il regarda avec émerveillement autour de lui et aperçut un grand château en pierre grise non loin de là. "Par qui sera-t-il habité?", se demanda-t-il stupéfait. Mais il fut encore plus étonné quand il vit un sentier qui conduisait au château. Il posa un pied avec crainte, puis, rassuré de voir que les nuages supportaient bien son poids, il s'avança.

Il arriva devant un grand portail fermé. Il frappa plusieurs fois à la porte gigantesque, mais personne ne venait ouvrir.

Il s'aperçut alors que les battants étaient entrouverts. A grand peine, il réussit à faire bouger le portail de fer, qui grinça.
"Qu'est-ce-que tu fais ici?", demanda une grosse voix tonnante.
Devant lui, une énorme ogresse le fixait d'un air renfrogné.
Sur le moment, Jacquot ne sut répondre que: "Je me suis perdu! Pourrais-je avoir quelque chose à manger? J'ai très faim".
L'ogresse, qui n'avait pas d'enfants, le regarda radoucie.
"Entre vite! Je te donnerai un bol de lait! Mais fais attention! L'ogre, mon mari, mange les enfants! Si tu l'entends arriver, cache-toi tout de suite!".
Bien qu'il tremblât de peur, Jacquot entra.
Le lait était bon. Jacquot venait de boire son bol, quand on entendit un grand fracas: c'était l'ogre qui rentrait!
"Tiens, tiens, je sens une odeur de chrétien!", hurla l'ogre de sa grosse voix. "Vite, cache-toi!", murmura l'ogresse à Jacquot, en le poussant dans le four de la cuisine.
"Il y avait un enfant dans cette pièce?", demanda l'ogre soupçonneux, reniflant et regardant autour de lui.
"Un enfant?", répondit l'ogresse, "tu vois et tu entends des enfants partout. C'est vraiment ton idée fixe! Assieds-toi que je te prépare le dîner!". L'ogre, grommelant, se remplit une carafe de vin. Puis il dévora son dîner et continua à boire.

Ensuite, après avoir compté et recompté les monnaies d'or de son trésor, il s'endormit aux pieds de la table. Peu après, tout le château résonnait de son ronflement fracassant. L'ogresse était allée préparer le lit. Jacquot sortit tout doucement du four, vit les monnaies d'or sur la table, en remplit une petite bourse et s'échappa sans faire de bruit. "Espérons qu'il ne me verra pas, sinon il me mangera!", se dit-il en tremblant de peur.

Le coeur battant de peur d'être suivi, Jacquot courait sur le sentier
au-dessus des nuages. Une fois arrivé à la cime du haricot géant,
il se laissa glisser aussi rapidement qu'il pouvait, en s'agrippant
aux sarments.

Quand il mit pied à terre, il trouva sa mère qui l'attendait.
La pauvre femme était anxieuse de la disparition de son fils. Le
voyant descendre de cette plante monstrueuse, elle éclata en
sanglots d'émotion, d'autant plus que Jacquot levait
triomphalement le petit sac plein de monnaies.

"Où as-tu été jusqu'à maintenant? Veux-tu me faire mourir de
frayeur? Qu'est-ce que c'est que cette plante? Qu'est-ce...?".
Jacquot l'interrompit, versant devant elle son trésor:
"Tu vois que j'ai bien fait d'échanger la vache contre les haricots
magiques! Maintenant je vais te raconter...". Et il raconta en détail
tout ce qui lui était arrivé.

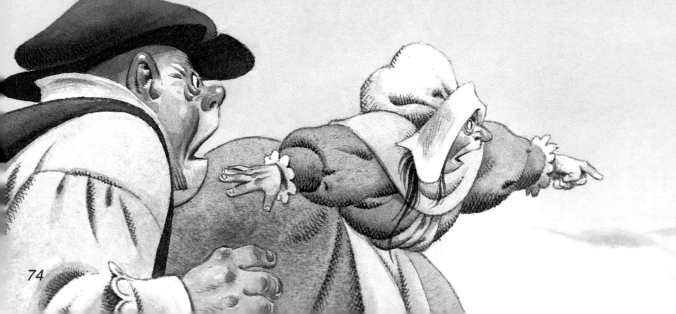

Les jours suivants, la pauvre maison de la veuve changea d'aspect. Les monnaies d'or servirent à acheter tout ce qui manquait.

Jacquot et sa mère étaient enfin heureux. Les pièces d'or cependant diminuaient, jusqu'au jour où même la dernière fut dépensée et Jacquot songea à retourner au château au-dessus des nuages. Cette fois l'enfant s'y introduisit, sans être vu, jusqu'à la cuisine et se cacha dans le four. Peu après, l'ogre arriva et se mit à flairer autour de lui. "Tiens, tiens, je sens une odeur de chrétien!", dit-il alors à sa femme.

Mais celle-ci, n'ayant vu entrer personne, ne lui prêta aucune attention. Après le dîner, sur la table débarrassée, l'ogre posa une poule qui faisait des oeufs d'or.

Jacquot, de la porte entrouverte du four, vit le prodige. Il attendit que l'ogre s'endormît, puis d'un bond sortit du four, saisit la poule et s'échappa à toute vitesse.

Mais la poule caqueta et réveilla l'ogre.

"Au voleur! au voleur!", entendit-on crier dans le château.

Désormais Jacquot était loin.

Cette fois aussi, au pied de l'arbre, il retrouva sa mère qui l'attendait très inquiète:

"Tu n'as volé qu'une poule?", lui demanda-t-elle, déçue.

Jacquot, en courant vers la basse-cour, lui répondit:

"Attends et tu verras!".

En fait, peu après, "cot...cot...cot...codet!", la poule déposa un oeuf tout en or.

Et ainsi, chaque jour, la poule faisait un oeuf d'or pour ses nouveaux maîtres.

Désormais ils étaient riches et leur maison bien vite se transforma: des équipes d'ouvriers changèrent le toit, ajoutèrent des pièces et placèrent des colonnes de marbre un peu partout.

Il y eut aussi des tableaux, des tapisseries, des meubles précieux, des tapis orientaux, des miroirs et tant d'autres choses qui transformèrent la misérable maisonnette d'autrefois en une somptueuse demeure.

Jacquot et sa mère n'avaient pourtant pas oublié les années de leur pauvreté ni les privations qu'ils avaient endurées; si bien que leur maison était ouverte à tous et que chacun y était bien accueilli. Mais la richesse ne suffit pas pour être heureux.

Un jour, à l'improviste, la mère de Jacquot tomba malade.

Tous les médecins qui l'avaient auscultée ne comprenaient pas de quelle maladie elle souffrait.

La brave femme était toujours triste, mangeait moins et semblait ne plus s'intéresser à ce qui l'entourait.

Elle souriait seulement quand elle avait à côté d'elle son Jacquot.

Son fils essayait de la consoler, mais rien ne semblait pouvoir sortir sa mère de ce lent et inéluctable éloignement de la vie.

Même les célèbres clowns d'un cirque, appelés exprès pour donner un spectacle, n'eurent, en échange de leurs farces, qu'un petit signe de main.

Jacquot, désespéré, ne savait plus quoi faire: tout l'or que la poule lui offrait, ne suffisait pas à guérir sa mère.

Alors une idée lui vint: "Et si je retournais chez l'ogre? Là je trouverais peut-être le remède qu'il me faut".

Un frisson de peur le parcourut cependant; malgré cela, il décida de retenter l'aventure. Un soir, prenant son courage à deux mains, il grimpa à nouveau le long du haricot géant.

Cette fois il entra dans le château par une fenêtre ouverte. Il se faufila jusqu'à la cuisine et se cacha dans une grosse marmite jusqu'au jour suivant.

Après le repas, l'ogre alla chercher une harpe magique qui chantait et jouait toute seule d'une façon merveilleuse. Le géant, bercé par cette douce musique, s'endormit presque tout de suite.

Jacquot, de sa cachette, écoutait ravi la suave mélodie; lorsqu'il entendit l'ogre ronfler, il souleva le couvercle et vit l'instrument prodigieux: une harpe toute en or. Leste, il grimpa sur la table, s'empara de la harpe et prit la fuite. Mais l'instrument réveilla l'ogre, en criant: "Maître, réveille-toi! Un voleur m'emporte!".

L'ogre se réveilla en sursaut; il lui fallut un moment pour comprendre, puis il se mit à courir à grands pas après Jacquot.

Le garçon courait le plus vite qu'il pouvait, mais la harpe continuait à invoquer son maître.

"Tais-toi! Tais-toi! Si tu joues pour moi, tu seras bien mieux!", disait Jacquot, essoufflé par la course.

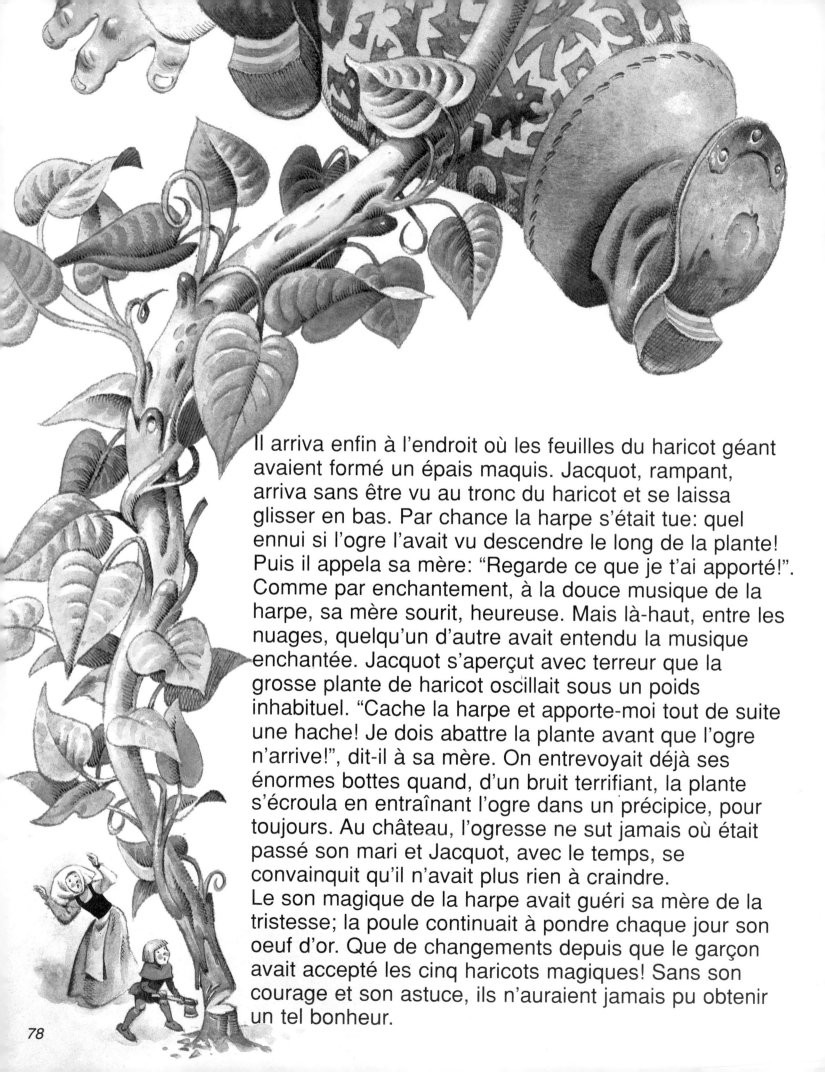

Il arriva enfin à l'endroit où les feuilles du haricot géant avaient formé un épais maquis. Jacquot, rampant, arriva sans être vu au tronc du haricot et se laissa glisser en bas. Par chance la harpe s'était tue: quel ennui si l'ogre l'avait vu descendre le long de la plante! Puis il appela sa mère: "Regarde ce que je t'ai apporté!". Comme par enchantement, à la douce musique de la harpe, sa mère sourit, heureuse. Mais là-haut, entre les nuages, quelqu'un d'autre avait entendu la musique enchantée. Jacquot s'aperçut avec terreur que la grosse plante de haricot oscillait sous un poids inhabituel. "Cache la harpe et apporte-moi tout de suite une hache! Je dois abattre la plante avant que l'ogre n'arrive!", dit-il à sa mère. On entrevoyait déjà ses énormes bottes quand, d'un bruit terrifiant, la plante s'écroula en entraînant l'ogre dans un précipice, pour toujours. Au château, l'ogresse ne sut jamais où était passé son mari et Jacquot, avec le temps, se convainquit qu'il n'avait plus rien à craindre.
Le son magique de la harpe avait guéri sa mère de la tristesse; la poule continuait à pondre chaque jour son oeuf d'or. Que de changements depuis que le garçon avait accepté les cinq haricots magiques! Sans son courage et son astuce, ils n'auraient jamais pu obtenir un tel bonheur.

LES NOUVEAUX HABITS DE L'EMPEREUR

Il était une fois...un empereur vaniteux dont le seul souci était de se vêtir élégamment. Presqu'à chaque heure, il changeait de vêtement pour faire étalage de ses toilettes.

L'écho de ses habitudes raffinées s'était répandu bien au-delà des frontières de son royaume. Deux filous entreprenants se présentèrent au palais impérial avec un plan bien précis.

"Nous sommes deux habiles artisans. Après des années de recherche, nous avons mis au point un système révolutionnaire pour tisser une étoffe si légère qu'elle paraît invisible. Elle est même tout à fait invisible aux gens stupides et à tous ceux qui ne sont pas à la hauteur de la charge qu'ils occupent!".

Le chef des gardes du palais fit appeler le chambellan de la cour. Celui-ci, à son tour, avisa le premier ministre qui courut en informer l'empereur, qui, curieux, reçut les deux escrocs.

"...et puis, Majesté, en plus d'être invisible, cette étoffe aura des couleurs et des dessins créés spécialement pour Vous!".

L'empereur donna aux deux individus un sac de monnaies d'or, exigeant qu'ils commencent immédiatement leur travail.

"Demandez tout ce qu'il vous faut pour confectionner cette étoffe et vous l'aurez!". Les deux imposteurs demandèrent un métier à tisser, de la soie fine et des fils d'or, puis ils feignirent de se mettre au travail.

79

Pendant ce temps, l'empereur pensait avoir bien dépensé son argent: non seulement il aurait un vêtement extraordinaire, mais, en le mettant, il découvrirait qui, parmi ses sujets, n'était pas digne de la place qu'il occupait.

Quelques jours après, il convoqua l'ancien premier ministre, connu pour avoir beaucoup de bon sens:

"Va voir comment se déroule la confection de l'étoffe!", lui ordonna-t-il "et reviens m'en référer!". Le premier ministre fut reçu par les deux escrocs:

"Nous avons bien avancé! Mais il nous faut encore beaucoup de fils d'or! Voilà, Excellence, admirez ces couleurs! Sentez la légèreté!". Le vieil homme, penché sur le métier à tisser, cherchait à voir avec son monocle l'étoffe qui n'y était pas. Des gouttes de sueur froide perlaient sur son front. "Si je ne vois rien, je suis vraiment stupide! Ou bien, je ne suis pas digne de ma charge!".

S'il avait avoué au roi qu'il ne voyait rien, il aurait été chassé pour toujours du palais.

"Quelle merveilleuse étoffe!", dit-il alors, "j'en référerai à l'empereur!". Les deux filous se frottaient les mains, contents. C'était presque fait.

Un jour, on annonça au roi qu'ils venaient prendre ses mesures.

"Avancez! Avancez!", ordonna le roi. Les deux faux couturiers s'inclinèrent devant le roi. Ils faisaient semblant de porter un gros rouleau d'étoffe.

"Voilà, Majesté, le fruit de nos peines. Nous avons travaillé jour et nuit, mais finalement l'étoffe la plus belle du monde est prête. Admirez ses couleurs, sentez...elle est impalpable!". L'empereur, ne voyant aucune couleur et ne sentant rien entre ses doigts, eut un instant de panique et faillit s'évanouir.

Par bonheur, le trône était tout près et il put s'asseoir.

Mais il se reprit aussitôt: personne ne pouvait savoir qu'il ne voyait pas l'étoffe et qu'il était donc sot. Il ne savait pas, le pauvre, que ceux qui l'entouraient, pensant être les seuls à ne pas voir l'étoffe, se comportaient exactement comme lui. Ainsi la comédie continuait comme l'avaient prévue les deux escrocs.

Ayant pris les mesures du roi, ils commencèrent à couper...l'air avec leurs ciseaux et, faisant de grands gestes, ils...cousurent le vêtement invisible.

"Majesté, maintenant il faut Vous dévêtir pour endosser le nouvel habit". Les deux filous drapèrent sur lui le nouveau vêtement et lui présentèrent un miroir. En vérité, l'empereur avait honte, se voyant nu devant tant de monde; mais, comme personne ne semblait s'en apercevoir, il se sentit soulagé. "Oui, en effet c'est un beau vêtement et il me va très bien!", disait-il, s'efforçant de se montrer à l'aise.

"Majesté!", dit alors le premier ministre, "le peuple a eu connaissance de cette étoffe extraordinaire et voudrait Vous voir avec ce nouvel habit!".

Le roi hésita: se montrer nu au peuple! Mais il repoussa vite ce doute gênant. Diable! Lui, il se voyait nu, mais personne ne pouvait s'en apercevoir! "D'accord!", dit-il. "Je concéderai au peuple même ce privilège!". Il ordonna le carrosse de cérémonie. Le cortège s'ébranla avec en tête un groupe de dignitaires qui scrutaient anxieusement les visages des spectateurs. Sur la place principale, tous se poussaient et se pressaient pour mieux voir: un long applaudissement accueillit le cortège royal. Chacun voulait avoir la preuve de la stupidité ou de l'incapacité de son voisin; mais, au fur et à mesure que l'empereur avançait, un étrange murmure s'élevait de la foule. Tous, préoccupés de se faire entendre par leurs voisins, s'exclamaient:
"Qu'il est beau le nouvel habit de l'empereur!".
"Quelle traîne magnifique!".
"Les couleurs! Les couleurs de cette étoffe merveilleuse! Jamais rien vu de pareil!".

Chacun faisait à celui qui masquait le mieux sa propre déception de ne pas voir l'habit, ne voulant pas montrer aux autres qu'il était stupide ou qu'il n'était pas à la hauteur de son poste.

Mais un enfant qui n'avait aucune charge et qui ne se souciait de rien, cria, en s'approchant du carrosse:

"Mais le roi est tout nu!".

"Petit sot!", le rappela son père en lui courant après, "ne dis pas de bêtises!". Et, ayant rattrapé son fils, il l'emmena.

D'abord murmurées entre voisins, les paroles de l'enfant se répandirent dans la foule qui se mit à crier:

"Mais oui, c'est vrai: le roi est nu! Le roi est tout nu!".

L'empereur comprit que le peuple avait raison, mais il ne pouvait l'admettre. Il valait mieux continuer le défilé, avec l'illusion que tous ceux qui le voyaient nu étaient des sots. Et il demeura debout, fièrement dressé sur son carrosse, tandis que derrière lui un page soutenait une traîne inexistante!

SIX JEUNES GENS REMARQUABLES

Il était une fois...un jeune soldat du nom de Martin qui s'était enrôlé dans l'armée du roi pour aller se battre. La guerre fut longue mais victorieuse et quand le roi revint au pays, abandonnant le territoire ennemi, il laissa Martin surveiller le seul pont qui réunissait les deux états.

"Reste ici et fais en sorte qu'aucun soldat ennemi ne passe ce pont!", fut la consigne.

Les jours passèrent, puis les mois et le soldat continua à faire le guêt près du pont. Pour vivre, il se faisait nourrir par quelques rares passants. Après deux années, il pensa qu'on l'avait oublié et décida de s'acheminer vers la capitale, où il demanderait au roi de lui payer lasolde de toutes ces années. Il avait les poches vides et ses seules richesses étaient une pipe, un peu de tabac et son épée. Quelques jours plus tard, il arriva au fond d'une vallée où un torrent en crue l'empêchait de continuer son chemin.

Tout près de là, il vit un gros bonhomme aux mains grandes comme des jambons et aux épaules immenses dans lesquelles s'enfonçait un cou de taureau. L'homme, qui avait une voix étrangement douce et gentille, dit:

"Voulez-vous passer de l'autre côté?".

Le soldat ne demandait pas mieux. L'homme alors déracina un grand arbre sans aucun effort, improvisant ainsi un pont de fortune. Martin, pour le remercier, lui permit de fumer son tabac. Ayant appris qu'il n'avait rien à faire, Martin, lui proposa de l'accompagner.

"Tu verras: ensemble nous ferons de grandes choses!".

Ils venaient de s'éloigner du fleuve, quand ils rencontrèrent un chasseur qui visait avec son fusil une colline distante de plus d'un kilomètre. "Qu'est-ce que tu vises?", lui demanda le soldat.

Et le chasseur: "Vois-tu cette toile d'araignée au sommet de la colline? Je veux centrer l'araignée!".

Ceci dit, il tira. Quand tous les trois arrivèrent au sommet de la colline, ils trouvèrent un grand trou dans la toile d'araignée. Martin, qui de sa vie n'avait jamais vu personne tirer aussi bien, proposa au chasseur de se joindre à eux.

"Viens avec nous! Nous ferons fortune!".

Après avoir longtemps marché, les trois voyageurs arrivèrent devant sept moulins à vent dont les ailes tournaient frénétiquement, bien qu'il n'y eût pas trace de vent. Intrigués par cet étrange phénomène, ils trouvèrent un gros bonhomme, assis sur une souche d'arbre, qui s'amusait à souffler d'une seule narine en direction des moulins.

L'homme expliqua aux trois jeunes gens abasourdis que sa force était telle que, lorsqu'il éternuait, il devait faire attention à ne pas provoquer un ouragan. Le soldat réussit à le convaincre de partir avec eux. La ville était tout près, quand ils furent rejoints par un jeune homme qui sautait, les chevilles attachées par une corde. "Qui t'a lié ainsi?", demandèrent-ils en choeur.

"Je me suis attaché tout seul!", répondit le jeune homme qui était aussi grand que maigre. "Si je me détachais, je ne pourrais m'empêcher de courir aussi vite que le vent; moi, au contraire, je veux apprécier le paysage".

Pied Rapide, comme on le surnomma tout de suite, s'unit lui aussi à la compagnie. Les surprises de ce jour extraordinaire n'étaient pourtant pas finies: ainsi, sous un arbre, un petit homme au visage rond tenait soigneusement son chapeau rabaissé sur l'oreille gauche: "...si je redressais mon chapeau, je provoquerais un tel froid que même les oiseaux tomberaient raides morts!", fut l'incroyable explication. Naturellement personne ne voulut vérifier le phénomène; cette fois l'inconnu demanda lui-même de se joindre au groupe. Désormais leur voyage était terminé.

Martin lut un avis affiché aux murs de la ville et signé par la fille du roi: elle défiait à la course tous ses sujets et celui qui réussirait à la battre serait son mari.

Le soldat, après avoir dépoussiéré son uniforme, aidé par ses amis, reprit une allure digne et se précipita à la cour.

Il voulait participer au concours, mais à sa place il ferait courir un de ses "serviteurs".

Sa proposition fut tout de suite acceptée. Le matin suivant, au départ, les jambes de Pied Rapide furent détachées et le jeune homme partit comme un éclair. Chacun des concurrents avait une cruche qui devait être remplie à une source lointaine et ramenée pleine à l'arrivée. Au retour, Pied Rapide s'arrêta, pour cueillir une fleur; voyant que la princesse n'arrivait pas, il décida de se reposer un peu.

Malheureusement, il s'endormit d'un sommeil profond.

Quand, plus tard, la princesse le rejoignit, le voyant endormi, d'un coup de pied elle renversa sa cruche et courut vers l'arrivée, sûre désormais de gagner.

Le chasseur qui avait tout vu, même de très loin, tira un coup de fusil et toucha une motte de terre à quelques centimètres de l'oreille de Pied Rapide. Celui-ci, réveillé en sursaut, vit la princesse tout près de l'arrivée. Rapide comme la foudre, il retourna sur ses pas, remplit à nouveau la cruche et réussit à arriver avant elle.

Le roi était furieux: donner sa fille en mariage à un misérable soldat? Jamais de la vie! Il invita donc Martin au palais et celui-ci, sans se douter de rien, lui expliqua combien de temps il était resté pour faire le guêt près du pont. Le roi, entendant les reproches du soldat, se fâcha encore plus. Mais il fit semblant de se sentir coupable. Il invita Martin et ses amis à banqueter dans une étrange salle à manger, entièrement doublée de fer; au-dessous s'ouvrait un énorme four que le roi ordonna d'allumer immédiatement. La porte de la salle avait été fermée hermétiquement. Le monarque s'assit pour observer la scène à travers une fenêtre protégée par un cristal incassable. Les six jeunes gens n'avaient pas encore commencé à manger qu' ils sentirent le sol devenir brûlant.

La chaleur dans la salle se faisait insupportable.

Martin, cependant, ne perdit pas contenance. Le chapeau du petit homme au visage rond fut redressé et, peu après, tout le monde claquait des dents de...froid! Au-dessous, le roi ordonnait i nutilement que d'autres bûches soient jetées dans le four. Au-dessus, le soldat et ses amis avaient trouvé le juste remède à la méchanceté du roi.

Personne n'était jamais sorti vivant de cette terrifiante chambre de torture et le roi, cette fois, dut s'avouer vaincu.

Ne voulant pas renoncer à sa fille, il promit au soldat: "Je te remplirai un sac de monnaies d'or et de beaucoup d'autres choses précieuses, si tu renonces à ma fille!".

"D'accord!", dit Martin, "j'accepte, mais c'est moi qui choisirai le sac et celui qui devra le porter!".

Le pauvre roi n'avait pas fait les comptes avec l'énorme force du plus gros des six jeunes gens et, quand il s'agit de remplir l'énorme sac, tout l'or du palais ne suffit pas.

Quand finalement Martin et ses amis, désormais devenus riches, s'éloignèrent, le roi était devenu pauvre.

Une colère terrible s'empara du monarque qui comprit qu'il avait été berné par le soldat.

Il appela le commandant de l'armée et ordonna à deux régiments de la cavalerie d'élite de partir à la poursuite de Martin.

"Rammenez-les vifs où morts, à n'importe quel prix!".

Plus tard, les soldats rejoignirent les six jeunes gens
et les entourèrent:
"Restituez tout l'or que vous avez et rendez-vous!".
Le plus gros des jeunes, cependant, se mit à souffler,
à souffler si fort que chevaux et cavaliers s'envolèrent.
En quelques minutes la vaste plaine se remplit des
plaintes des blessés: les régiments de cavalerie
n'étaient plus un danger pour les six extraordinaires
jeunes gens qui poursuivirent tranquillement leur
chemin.
Puis ils se partagèrent l'or et les bijoux et chacun prit
une route différente.
Martin retraversa définitivement le pont qu'il avait
surveillé si longtemps sans jamais recevoir de
récompense.

LES SEPT CORBEAUX

Il était une fois...au milieu de hautes montagnes une vallée couverte de forêts. Un torrent d'eau limpide la traversait. Sur sa rive un bûcheron avait construit, en faisant beaucoup de sacrifices, une belle maison en pierre.

L'homme s'était marié et avait eu sept enfants, tous des garçons, et puis finalement une petite fille.

Son travail l'obligeait à s'éloigner souvent de la maison et sa femme avait beaucoup de peine à éduquer ses enfants.

La petite ne posait aucun problème: elle était gentille, jolie, obéissante. C'étaient les garçons qui la rendaient folle: vifs, bagarreurs, désobéissants, voire impolis avec elle, ils étaient désormais sa croix et son tourment.

Lorsqu'une fois par semaine son mari rentrait à la maison, fatigué par son travail, la pauvre femme n'avait pas le courage de lui raconter les méfaits de leurs fils, pour ne pas augmenter ses soucis. La femme gardait cette grande peine pour elle, sans penser qu'en faisant cela, ses fils ne pourraient qu'empirer.

En fait les garçons, quand le père n'était pas là, profitaient de plus en plus de la situation.

La petite soeur souffrait plus que tous: elle aimait beaucoup ses frères, tout méchants qu'ils fussent, mais elle était surtout attachée à sa mère. Pourtant, étant petite, aucun de ses frères n'attachait d'importance à ses reproches.

Un jour, les sept garçons firent une bêtise encore plus grosse. Dans une forêt, poussait une herbe dangereuse pour la santé des animaux, parce qu'elle faisait gonfler leur ventre. Le bûcheron, à cause de cela, avait toujours recommandé de ne pas laisser leurs chèvres en manger.

Les enfants, cruels, après en avoir rempli un grand sac, l'avaient mélangée au fourrage des chèvres et de la vache.

Peu après les pauvres bêtes se mirent à gémir: le ventre gonflé, elles se laissèrent tomber par terre, souffrantes.

"Nous ne pourrons plus avoir de lait, ni faire de fromage! Comment ferons-nous pour vivre?!", criait désespérée la pauvre femme. Les fils ricanaient sans se rendre compte du mal qu'ils avaient fait. La mère, au comble du découragement, s'écria: "J'aimerais mieux que vous soyez des corbeaux, plutôt que mes fils!". A ces paroles, un nuage sembla obscurcir le soleil. L'air se fit plus froid et, juste à l'endroit où se tenaient les sept enfants, apparurent sept gros corbeaux noirs qui s'envolèrent en croassant. De remords et d'épouvante, la femme fut prise d'un malaise. Le jour suivant, quand le père revint du bois et apprit la vérité, il resta pétrifié de douleur: malgré cela, il essaya de consoler sa femme, en disant qu'elle n'était pas coupable des paroles qu'elle avait prononcées.

Désormais, la maison était pleine de désespoir et de tristesse.

Beaucoup de temps passa et la petite fille grandit.
Elle gardait toujours dans son coeur le souvenir de ses frères et
souriait rarement. Un jour elle demanda à sa mère la permission
d'aller les chercher: "Je les retrouverai! Je le sens! Je sens que je
dois partir, qu'ils m'attendent! Maman, laisse-moi partir et donne-
moi ta bénédiction!". La mère ne put résister aux prières
insistantes de sa fille et la petite partit avec un balluchon de
provisions. Pendant deux jours, elle marcha à travers bois,
montant toujours plus haut, vers les montagnes.
Désormais, elle n'avait plus rien à
manger, ses habits étaient déchirés, elle
était fatiguée et avait froid. A l'aube du
troisième jour, elle vit, à travers le
brouillard qui montait de la vallée, une
étrange maisonnette, plus petite que
d'habitude, sur un rocher escarpé.

Quelque chose la poussa à y
entrer, malgré son aspect sombre.
Quand elle fut à l'intérieur, elle vit
sur une table basse sept petites
tasses. Son coeur se mit à battre
très fort: elle avait peut-être
trouvé... Sur le feu il y avait un
grand chaudron où bouillait une
soupe d'orge et de blé.

La fillette, affamée, en mit un peu dans une tasse et mangea avec avidité. Puis elle monta à l'étage, ouvrit une petite porte et se trouva dans une étrange chambrette: sept petits lits, chacun avec une couverture différente, s'alignaient devant elle.

Les larmes aux yeux, la petite comprit qu'elle avait enfin trouvé ses frères. Alors, épuisée de fatigue et d'émotion, elle s'étendit sur l'un des petits lits et, peu après, elle dormait profondément.

Plus tard, la porte de la maisonnette s'ouvrit à nouveau, sous la poussée de sept becs impatients, et sept corbeaux bruyants s'assirent autour de la table:

"Mais quelqu'un a mangé un peu de notre soupe!", dit l'un d'eux, voyant la tasse sale.

"Qui peut bien être venu ici?!", répliqua un autre.

"Nous sommes condamnés à rester seuls pour toujours sur ces montagnes!".

"Personne ne viendra jamais nous chercher!".

Les corbeaux, ayant fini de manger, après avoir mis leur bonnet de nuit, montèrent à l'étage pour se reposer et trouvèrent la fillette endormie.

"Mais c'est...", dit l'un d'eux, touchant délicatement de son bec une tresse de la fillette.

"C'est vrai, c'est notre petite soeur!", dirent-ils tous en choeur.

A ce moment-là, la jeune fille ouvrit les yeux et, se voyant entourée par ces oiseaux, s'épouvanta.

Mais d'un de ces becs sortit une douce voix:
"Tu es notre petite soeur?".
La fille se leva, les bras tendus:
"Je vous ai trouvés! Je vous ai trouvés! Nous voilà enfin réunis!".
Les sept corbeaux la regardaient avec tristesse.
"Tu n'as pas peur? Nous ne sommes pas répugnants?", hasarda
l'un d'eux. La fille les embrassait l'un après l'autre.
"Je vous aime tellement! Même si vous êtes devenus des
corbeaux, vous êtes toujours mes frères!".
A ces paroles, les oiseaux se mirent à pleurer.
"Pourquoi ne rentrez-vous pas à la maison?", demanda la soeur.
"Nous le voudrions tellement!", répondirent les oiseaux, "il est vrai
que nous nous sommes repentis de tous nos méfaits, mais
comment pourrions-nous nous présenter à nos parents, si vilains
que nous sommes?".
"Maman vous accueillerait même comme ça. J'en suis sûre. Elle
continue à pleurer en pensant à vous", répondit la fille.

L'insistance de la jeune fille réussit à convaincre les sept frères à rentrer à la maison.

"Tu ne devras plus te fatiguer comme pour venir ici. Pour le retour, c'est nous qui te porterons!".

Ils allaient partir, quand le plus petit des frères se souvint:

"Attendez! Attendez! Apportons comme cadeau à maman les pierres brillantes que nous avons trouvées!".

"Qu'elles sont belles!", s'exclama la petite lorsqu'elle les vit.

"Elles te plaisent? Il se pourrait qu'elles soient précieuses! Nous les corbeaux, ainsi que les pies, quand nous voyons quelque chose qui brille, nous ne pouvons nous empêcher de la prendre!".

"Celle-ci brille plus que les autres! Regardez! C'est peut-être un diamant!". Finalement ils partirent. Que le monde était différent, vu d'en haut! D'abord la fillette avait peur, mais les corbeaux la tenaient solidement et volaient avec assurance.

Ils virent tout à coup leur vallée, le torrent et la petite maison dans laquelle ils étaient nés. La basse-cour était déserte.

Quand ils atterrirent, la petite dit à ses frères:

"Attendez ici! Je vais appeler maman!".

Elle entra silencieusement dans la cuisine, vit la pauvre femme qui pleurait appuyée à la table et l'embrassa, en lui disant:

"Maman, je suis revenue et j'ai une grande surprise pour toi!".

"Enfin! J'avais si peur de t'avoir perdue!".

La brave femme ne savait plus s'il fallait rire ou bien pleurer de joie et d'émotion.

Ensuite, dans la cour, elle trouva les sept corbeaux.

"Mes pauvres fils! Que vous m'avez manqué! Je me suis tellement repentie de ce que je vous ai dit! Une mère ne devrait jamais dire de choses méchantes à ses enfants!".

"Nous aussi, nous sommes pleins de remords pour notre méchanceté...".

Et tous regrettaient le passé.

Ce fut alors qu'il y eut un nouveau prodige. Le sept frères changèrent d'aspect et redevinrent des garçons.

Le père, entendant tout ce vacarme, accourut:

"Que la Providence soit remerciée! Enfin je revois mes enfants!".

Et il fut entouré et embrassé, lui aussi.

Les années passèrent et il ne resta, comme souvenir de cet émouvant événement, que les sept bonnets de laine que les corbeaux avaient emportés de leur refuge.

Au grand bonheur de tous, deux des pierres étaient précieuses. Ils les vendirent, ce qui permit à la famille de vivre plus aisément que par le passé.

Il y avait une fois....

... dans le lointain Orient, un garçon nommé Aladin. Voici son histoire et celle d'une lampe magique que chacun aimerait trouver encore aujourd'hui...

LA LAMPE D'ALADIN

Il était une fois... une veuve qui avait un fils unique, du nom d'Aladin.
Ils étaient très pauvres et menaient une vie de misère. Aladin, cependant, cherchait par tous les moyens à gagner un peu d'argent; il allait par exemple cueillir des bananes, souvent fort loin et dans des conditions pénibles.
Un jour, alors qu'il cherchait des dattes sauvages dans une région éloignée de la ville, il rencontra un mystérieux étranger.

Bien vêtu, un splendide saphir sur le turban, au menton une petite barbe noire, les yeux sombres et pénétrants, celui-ci fit une étrange proposition à Aladin:
"Viens ici, mon garçon! Aimerais-tu gagner une roupie?" "Une roupie? Je ferais n'importe quoi, monseigneur, pour une telle récompense!"
"Je ne te demanderai pas trop, tu verras. Tu dois seulement descendre par cette trappe trop étroite pour moi. Si tu fais ce que je te dis, tu auras ta récompense!"
Le garçon se fit aider pour soulever le lourd couvercle de pierre, puis, mince et agile, il se faufila sans difficulté par la petite ouverture. Ses pieds trouvèrent un escalier aux marches étroites; Aladin descendit lentement et avec précaution...

... et se retrouva dans une grande caverne où se produisaient
d'étranges scintillements.

La lumière vacillante d'une vieille lampe à huile éclairait
faiblement le lieu; lorsque les yeux d'Aladin se furent habitués à
la semi-obscurité, un spectacle merveilleux s'offrit à lui.

Des arbres chargés de pierres étincelantes, des amphores en or
et des coffrets pleins de bijoux, des milliers d'objets précieux: un
vrai trésor!

Stupéfait et incrédule, Aladin n'était pas encore revenu de sa
surprise quand il entendit hurler:

"La lampe! La lampe! Eteins-la et apporte-la-moi! C'est tout!"

Aladin, surpris et méfiant que de tout ce trésor l'étranger ne
désirât qu'une lampe sans valeur, pensa que celui-ci devait être
un magicien et il décida de se tenir sur ses gardes.

Il prit la lampe et remonta l'escalier conduisant à l'ouverture.

"Donne-la-moi!" lui dit l'homme avec impatience.

"Donne-la-moi! Tout de suite!" répéta-t-il en hurlant. Et il allongea la main pour la saisir. Aladin, toujours plus méfiant, refusa.

"Je te laisserai ici pour toujours, si tu ne me donnes pas la lampe!" s'écria l'autre.

"D'abord, je veux sortir..."

"Alors, tant pis pour toi!" Et d'un coup sec, le mystérieux étranger referma la trappe sur Aladin, sans s'apercevoir que, ce faisant, il avait perdu un anneau. Effrayé et plein de doutes quant aux vraies intentions de l'étranger Aladin resta dans l'obscurité la plus profonde. Puis, ayant senti l'anneau sous son pied, il le ramassa et, sans réfléchir, l'enfila à son doigt en le faisant tourner avec l'autre main.

Aussitôt la caverne s'illumina; dans un nuage rose, apparut un énorme génie aux mains jointes.

"Me voici à tes ordres, monseigneur, prêt à exaucer deux de tes désirs", dit le personnage magique.

Aladin, surpris, ne parvint qu'à balbutier:

"Je veux rentrer chez moi!" Ce qui eut lieu en un éclair.

"Par où es-tu entré?"
lui demanda sa mère qui s'activait au
fourneau, et qui s'aperçut que la porte
n'avait pas été ouverte.
Aladin, encore abasourdi et tout essouflé,
raconta ce qui venait de lui arriver:
"Et la roupie?" lui demanda sa mère.
Aladin se frappa le front.
De toute son extraordinaire aventure, il
ne lui restait que la vieille lampe.
"Je regrette, maman, mais il ne me reste
que cela!"
"Espérons au moins qu'elle fonctionnera!
Elle est si sale..."
Et elle se mit à l'astiquer.
Aussitôt, du bec de la lampe sortit une
épaisse fumée avec, au milieu, un autre génie.

"Me voici enfin libéré, après des siècles de prison dans cette
lampe! Si vous ne l'aviez pas frottée, je n'aurais jamais pu en
sortir. Me voici pour vous servir. Je peux vous procurer n'importe
quel bien!" Le génie s'inclina respectueusement, et attendit de
connaître leurs désirs.
Aladin et sa mère, la bouche toujours ouverte, regardaient,
muets, l'étrange apparition.
Le génie répéta, une pointe d'impatience dans la voix:
"Ordonnez! Ordonnez seulement, je suis à votre service!"
Aladin avala sa salive:
"Apporte-nous, apporte-nous..."
"...apporte-nous un bon repas complet et abondant!" acheva sa
mère qui n'avait pas encore préparé à manger.

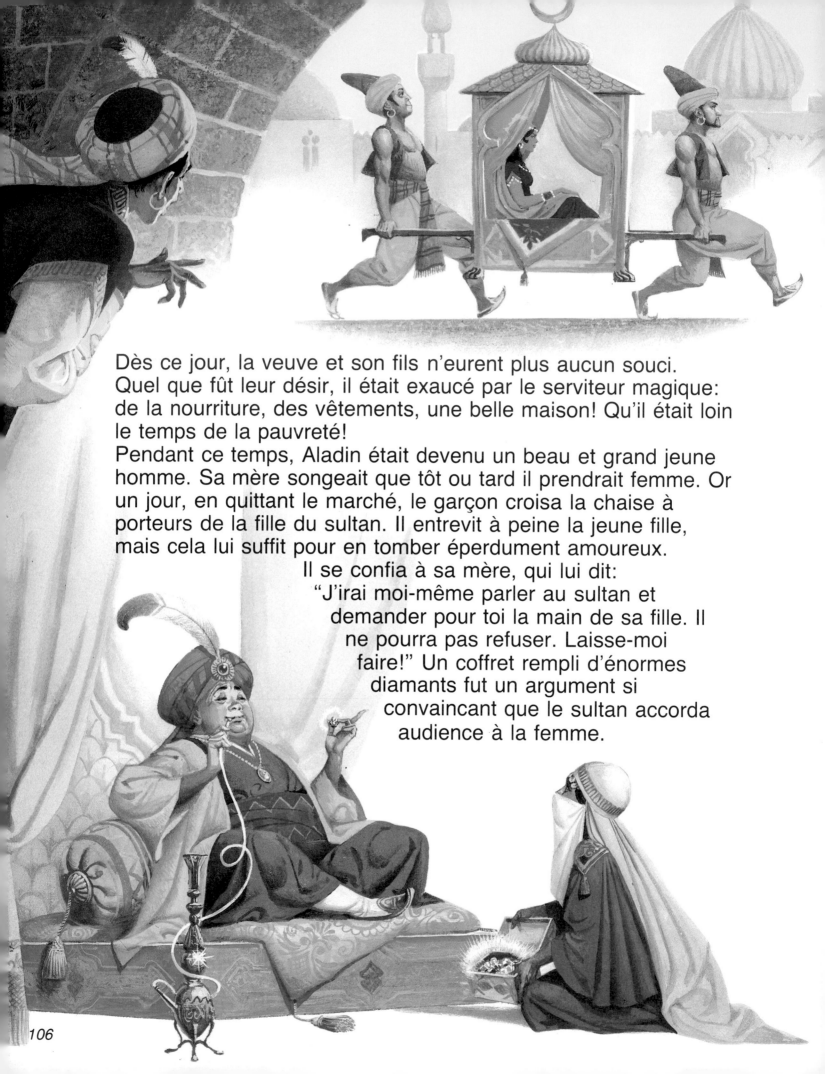

Dès ce jour, la veuve et son fils n'eurent plus aucun souci.
Quel que fût leur désir, il était exaucé par le serviteur magique:
de la nourriture, des vêtements, une belle maison! Qu'il était loin
le temps de la pauvreté!

Pendant ce temps, Aladin était devenu un beau et grand jeune
homme. Sa mère songeait que tôt ou tard il prendrait femme. Or
un jour, en quittant le marché, le garçon croisa la chaise à
porteurs de la fille du sultan. Il entrevit à peine la jeune fille,
mais cela lui suffit pour en tomber éperdument amoureux.

Il se confia à sa mère, qui lui dit:
"J'irai moi-même parler au sultan et
demander pour toi la main de sa fille. Il
ne pourra pas refuser. Laisse-moi
faire!" Un coffret rempli d'énormes
diamants fut un argument si
convaincant que le sultan accorda
audience à la femme.

Lorsque le sultan connut la raison de cette visite, il demanda que le futur gendre fît une éloquente démonstration de sa richesse et de sa puissance en présentant un fabuleux cadeau; l'idée lui avait été suggérée par son chambellan, car celui-ci souhaitait aussi épouser Halima, une jolie fille aux yeux noirs. "S'il veut épouser ma fille, dit le sultan à la mère d'Aladin, il devra m'envoyer demain quarante esclaves nubiens. Chacun d'eux portera un coffret rempli de pierres précieuses et, pour protéger un tel trésor, je demande que le cortège soit escorté par quarante soldats arabes!" La mère d'Aladin rentra chez elle désespérée: la lampe magique et son génie avaient jusqu'alors réalisé des prodiges, mais certes pas de cette importance. Quand elle eut rapporté la requête du sultan, Aladin ne se troubla pas: il prit la lampe, la frotta plus vigoureusement que d'habitude et demanda au génie, aussitôt apparu, d'exaucer l'incroyable demande. Le génie battit trois fois des mains et, comme par enchantement, apparurent l'un derrière l'autre les quarante esclaves noirs avec leurs précieux coffrets, puis les quarante soldats d'escorte. Le lendemain, le sultan n'en crut pas ses yeux: il n'avait jamais imaginé voir autant de richesses. Il allait accepter Aladin comme gendre, quand le chambellan, vert de jalousie, lui souffla: "Et où iront habiter les époux?" Le sultan réfléchit, puis poussé par son avidité, demanda à Aladin de faire construire au plus vite un immense et somptueux palais pour Halima. Aladin ne se le fit pas dire deux fois. Rentré chez lui, il demanda au génie de faire surgir un fabuleux palais au milieu d'une broussaille sauvage.

Il n'y avait désormais plus d'obstacles aux noces, qui furent célébrées dans l'allégresse générale et surtout pour la joie du sultan, comblé d'avoir un gendre riche et puissant. La nouvelle de la chance et des énormes richesses d'Aladin s'était répandue dans tout le pays... et un jour, un étrange marchand s'arrêta sous les fenêtres du palais d'Aladin. La princesse était à son balcon. "Je cherche de vieilles lampes et les échange contre des lampes toutes neuves!" lui dit-il. Le secret de sa chance, Aladin ne l'avait confié à personne, hormis sa mère, qui était aussi restée discrète. Halima n'en savait donc rien elle-même, malheureusement; croyant réaliser une bonne affaire et surtout réserver une agréable surprise à son époux, elle alla chercher la

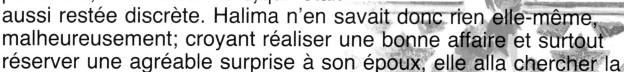

vieille lampe qu'elle avait découverte par hasard et l'échangea avec une de celles que le marchand lui proposait. Celui-ci se mit aussitôt à la frotter... Le mystérieux magicien était donc revenu. Ayant récupéré sa lampe, il disposait désormais des pouvoirs du génie. Il s'empara ainsi immédiatement de tous les biens d'Aladin et ordonna que le palais et la princesse qui l'habitait soient trasportés dans un pays inconnu. Aladin et le sultan en furent désespérés; nul ne parvenait à expliquer ce qui était arrivé. Sauf Aladin, qui savait que seule la lampe magique pouvait en être la cause. Quel regret d'avoir perdu le génie qui lui avait tant donné! Mais il se souvint tout à coup de l'anneau enchanté perdu par le magicien.

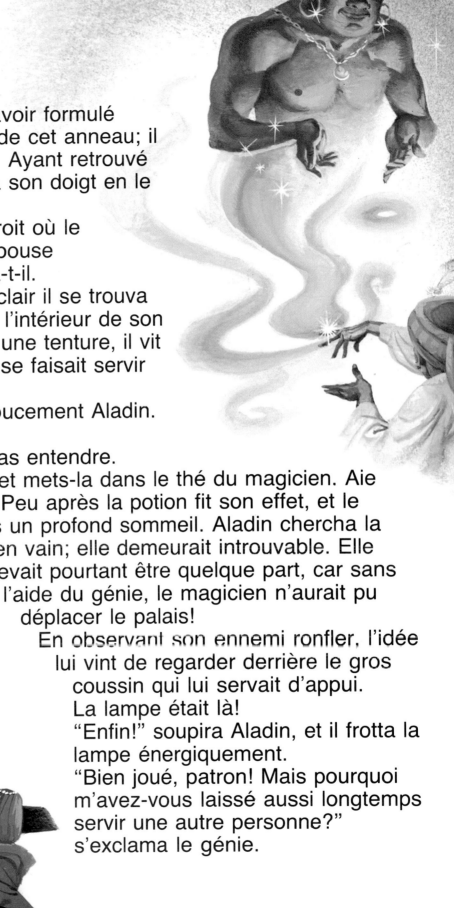

Il se souvint aussi n'avoir formulé qu'un voeu au génie de cet anneau; il lui en restait donc un. Ayant retrouvé l'anneau, il le glissa à son doigt en le faisant tourner.

"Conduis-moi à l'endroit où le magicien tient mon épouse prisonnière!" ordonna-t-il.

Ainsi fut fait. En un éclair il se trouva très, très loin, mais à l'intérieur de son palais. Dissimulé par une tenture, il vit alors le magicien qui se faisait servir par Halima.

"Pssst, pssst..." fit doucement Aladin.

"Aladin!... toi ici?"

"Silence, ne te fais pas entendre. Prends cette poudre et mets-la dans le thé du magicien. Aie confiance en moi!..." Peu après la potion fit son effet, et le magicien tomba dans un profond sommeil. Aladin chercha la lampe partout, mais en vain; elle demeurait introuvable. Elle devait pourtant être quelque part, car sans l'aide du génie, le magicien n'aurait pu déplacer le palais!

En observant son ennemi ronfler, l'idée lui vint de regarder derrière le gros coussin qui lui servait d'appui.

La lampe était là!

"Enfin!" soupira Aladin, et il frotta la lampe énergiquement.

"Bien joué, patron! Mais pourquoi m'avez-vous laissé aussi longtemps servir une autre personne?" s'exclama le génie.

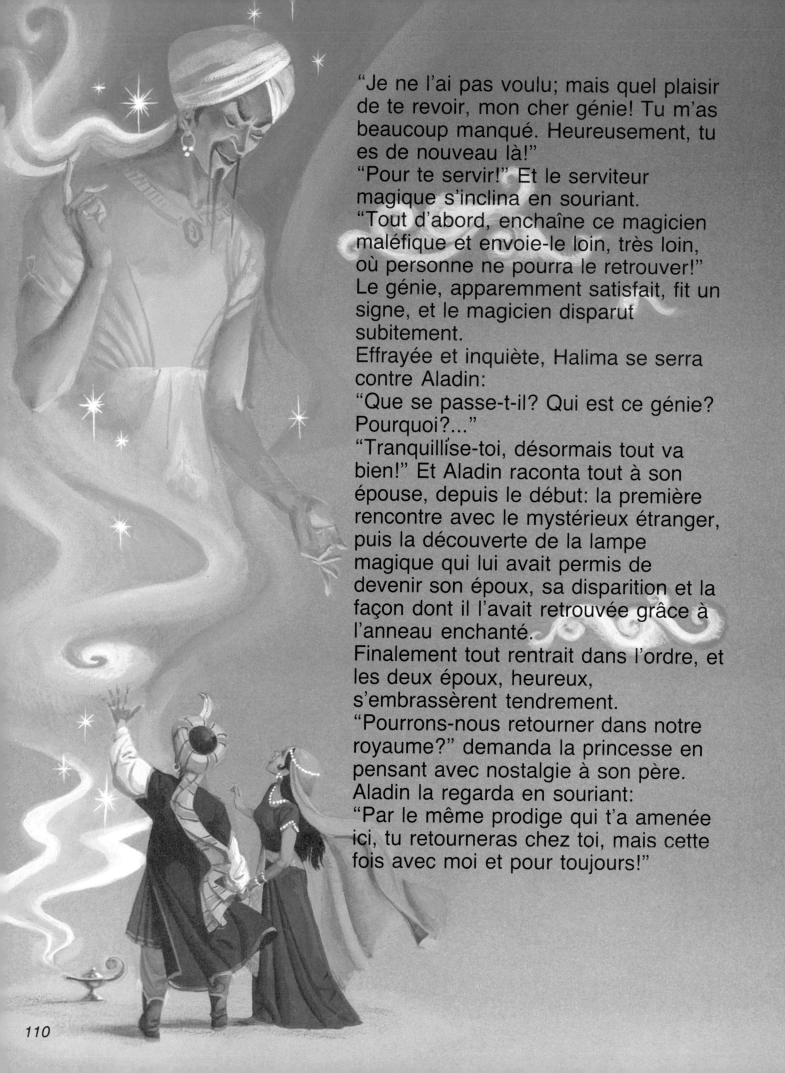

"Je ne l'ai pas voulu; mais quel plaisir de te revoir, mon cher génie! Tu m'as beaucoup manqué. Heureusement, tu es de nouveau là!"

"Pour te servir!" Et le serviteur magique s'inclina en souriant.

"Tout d'abord, enchaîne ce magicien maléfique et envoie-le loin, très loin, où personne ne pourra le retrouver!" Le génie, apparemment satisfait, fit un signe, et le magicien disparut subitement.

Effrayée et inquiète, Halima se serra contre Aladin:

"Que se passe-t-il? Qui est ce génie? Pourquoi?..."

"Tranquillise-toi, désormais tout va bien!" Et Aladin raconta tout à son épouse, depuis le début: la première rencontre avec le mystérieux étranger, puis la découverte de la lampe magique qui lui avait permis de devenir son époux, sa disparition et la façon dont il l'avait retrouvée grâce à l'anneau enchanté.

Finalement tout rentrait dans l'ordre, et les deux époux, heureux, s'embrassèrent tendrement.

"Pourrons-nous retourner dans notre royaume?" demanda la princesse en pensant avec nostalgie à son père.

Aladin la regarda en souriant:

"Par le même prodige qui t'a amenée ici, tu retourneras chez toi, mais cette fois avec moi et pour toujours!"

Le sultan était désespéré: sa fille, le merveilleux palais et son gendre avaient disparu, sans qu'il sache ni où ni pourquoi. Les vieux sages appelés au palais n'avaient pu fournir aucune explication. Seul le chambellan, plein de rancoeur et de jalousie, lui répétait sans cesse: "Je disais bien que la chance d'Aladin ne pouvait durer!" Alors que personne n'espérait plus revoir Halima et son époux, là-bas, loin, très loin, Aladin frotta de nouveau sa lampe et ordonna: "Emmène-moi, avec mon épouse et tout le palais, dans notre pays, le plus rapidement possible!" "Tu seras exaucé à l'instant, monseigneur!" Et, au claquement de ses doigts, le palais s'éleva dans le ciel comme un météore. Peu après il parvint à la capitale du royaume, survola très vite les gens abasourdis et se posa doucement à l'endroit où il était auparavant. Puis Aladin et Halima coururent embrasser le sultan.

Aujourd'hui encore, dans ce lointain pays, on peut visiter des ruines que chacun dit être celles du "palais venu du ciel".

ALI BABA ET LES QUARANTE VOLEURS

Il était une fois... dans une ville perdue de Perse, deux frères: Ali Baba et Casim.

Le premier, pauvre comme Job, vivait avec sa femme dans une misérable cabane, cherchant du bois dans la forêt pour le vendre en fagots au marché. Le second, en revanche, ayant épousé une femme riche, habitait une spacieuse demeure et s'enrichissait grâce au commerce de tapis.

Un jour, alors qu'Ali Baba ramassait du bois dans une forêt loin de la ville, il entendit soudain une troupe de cavaliers au galop.

Craignant qu'on lui reproche de ramasser du bois qui ne lui appartenait pas, il grimpa dans un arbre et se cacha dans le feuillage. Peu après défila devant lui une bande de quarante hommes armés jusqu'aux dents.

C'étaient des brigands! Pas de doute! On le voyait bien à leur visage sinistre, à leur barbe longue et peu soignée, et surtout au butin qu'ils déchargèrent de leurs chevaux, certainement le fruit de quelque rapine.

Lorsque tous furent descendus de cheval, un homme d'apparence farouche et méchante, manifestement leur chef, se dirigea vers une paroi rocheuse toute proche.

Le silence s'était fait parmi la bande. L'homme écarta les bras et cria: "Sésame, ouvre-toi!"

Ali Baba n'en crut pas ses yeux! Le rocher s'ouvrait lentement sur une profonde et sombre caverne; les voleurs y entrèrent avec leur butin.

113

Ali Baba, saisi de stupeur, ne bougeait pas. Il entendait les voix des brigands résonner dans la caverne; puis tous sortirent et leur chef, les bras de nouveau écartés, cria au rocher:
"Sésame, ferme-toi!"
Et le rocher se referma, comme par enchantement, tandis que les voleurs remontaient en selle.
Peu après, tremblant de peur et d'émerveillement, Ali Baba descendit de son arbre et murmura, sans trop réfléchir:
"Sésame, ouvre-toi!"
Mais rien ne bougea. Alors il éleva la voix et finit par crier la phrase magique. Le rocher finit par s'ouvrir. Ali Baba, ayant allumé une torche, découvrit l'incroyable spectacle d'un immense trésor entassé dans la caverne!
Des vases débordant de monnaies d'or et d'argent, des amphores précieuses, des armes serties de rubis et d'émeraudes, des colliers, des diadèmes, des plats gravés, des tapis, le tout entassé pêle-mêle.

Le pauvre bûcheron se frotta les yeux, prit en tremblant une
monnaie d'or dans sa main et la soupesa:
"C'est vraiment de l'or!"
Bouleversé par une telle richesse, balbutiant d'émotion, il se dit:
"Je vais prendre quelques pièces, personne ne s'en apercevra!"
Et il en remplit quatre petits sacs.
Rentré chez lui, il ferma sa porte avec soin puis déversa le
contenu des sacs devant sa femme abasourdie.
"Compte-les!" lui dit-il triomphant. Puis il lui raconta ce qui lui
était arrivé. Ils tentèrent de calculer leur richesse; mais ils eurent
beau compter et recompter, ils n'y parvinrent pas. Les pièces
étaient trop nombreuses.
"Nous n'y réussirons jamais! Va chez mon frère et fais-toi prêter
une mesure à blé", dit Ali Baba.
La femme de Casim fut intriguée par l'étrange requête:
"Que peuvent-ils avoir à mesurer? Pauvres comme ils sont, ce
n'est certainement pas du blé!" Et elle mit un peu de poix sur le
fond du récipient avant de le remettre à la femme d'Ali Baba.
Comme l'avait espéré la femme rusée, quelque chose était resté
collé au fond du récipient lorsqu'on le lui rendit:
"Une pièce d'or! Est-ce possible? Mais ils vivent dans la
misère..." Alors elle courut vers son mari.
Casim fut de son avis: "Comment mon frère peut-il
détenir des pièces d'or sans m'en aviser?"
Et il se rendit chez Ali Baba
pour lui demander des explications.

115

Naïvement, Ali Baba raconta tout à son frère, en le priant toutefois de ne pas révéler leur secret. Casim le promit, bien sûr, mais une fois chez lui, il rapporta tout à sa femme et ordonna à ses esclaves de seller dix ânes robustes pour le matin suivant. "Je deviendrai encore plus riche! Richissime même!" pensa-t-il en allant se coucher; mais il ne parvint pas à s'endormir, tant le trésor le préoccupait. L'aube n'était pas encore levée quand Casim se mit en route avec sa caravane pour gagner l'endroit que son frère lui avait indiqué. Il trouva aisément la forêt, puis la montagne et sa paroi rocheuse; ayant prononcé la phrase magique, il entra enfin dans la caverne au trésor. Son coeur battait violemment tandis qu'il entassait dans ses paniers les richesses qui lui tombaient sous la main. Son avidité était telle qu'il remplit ses paniers au point que ceux-ci, devenus trop lourds, furent impossibles à déplacer et à charger sur les ânes. La mort dans l'âme, Casim dut se défaire d'une partie du butin, et perdit ainsi beaucoup de temps. Le jour s'achevait qu'il n'avait pas encore terminé son choix...

Malheureusement pour Casim, c'est à ce moment que les brigands revinrent; lorsqu'ils virent le rocher ouvert et les ânes assemblés devant l'entrée, ils se précipitèrent dans la caverne en brandissant leurs cimeterres. Casim fut découvert et tué; la fureur des brigands était telle qu'ils découpèrent le corps en quatre morceaux qu'ils entassèrent près de l'entrée: "Comme ça, si quelqu'un d'autre est tenté d'entrer ici, il saura tout de suite ce qui l'attend!" Pendant deux jours, la femme de Casim attendit son retour. Puis, angoissée, elle courut chez Ali Baba, lui raconta où était allé son mari et lui demanda son aide. Ali Baba secoua la tête: "Il m'avait pourtant promis..." Mais il avait tant d'affection pour son frère qu'il prit aussitôt son âne et se rendit à la caverne. Lorsqu'il trouva les restes de Casim, il fut horrifié et se mit à sangloter. Il eut pourtant le courage de les envelopper d'un tapis qu'il lia au bât de l'âne. En découvrant le corps de Casim, sa femme en mourut de chagrin.

Le jour suivant, Ali Baba s'installa avec sa femme dans le palais de son frère, où il fit la connaissance de Morgantina, une esclave fidèle. D'une vive intelligence, celle-ci suggéra de rassembler les morceaux du corps de Casim avant de lui donner une honorable sépulture. Moustapha, le cordonnier, accepterait sûrement de remplir cette tâche contre une bonne rémunération. "Tu devras avoir les yeux bandés, dit-elle au cordonnier, car tu ne dois pas savoir où je te conduis. Cela évitera tout commérage!" Ayant exécuté scrupuleusement son travail, Mustapha fut ensuite reconduit dans sa boutique les yeux toujours bandés. En récompense, il reçut un sac de pièces d'or. Entre-temps, le chef des brigands s'était aperçu de la disparition du cadavre et avait compris que quelqu'un d'autre avait découvert la caverne et son trésor. Furieux et inquiet, il chargea un de ses hommes d'enquêter discrètement en ville. Le hasard, qui fait bien les choses, et un trou que l'homme avait à l'une de ses bottes, conduisirent le brigand à la boutique du cordonnier.

Ce dernier ne se fit pas prier longtemps avant de raconter à son client l'incroyable chance qu'il avait eue. "... et lorsque j'eus tout recousu, ils me donnèrent un sac de pièces d'or!" "Si tu

m'amènes à l'endroit où tu as exécuté ce travail, tu en gagneras tout de suite un autre pareil!" lui proposa le brigand. Moustapha ne se tenait plus de joie. Un doute cependant le saisit: comment retrouver la maison, puisqu'il s'y était rendu les yeux bandés? "Je te banderai aussi les yeux, et tu chercheras calmement à te souvenir de la bonne direction." Heureusement pour lui, et pour le brigand, Moustapha avait un sens aigu de l'orientation; de plus, lors du premier trajet, il avait compté ses pas. "510, 511, 512... Voilà, ça doit être ici!" Et Moustapha retira son bandeau. Ils étaient juste en face du palais d'Ali Baba. Le brigand renvoya Moustapha après lui avoir remis la récompense promise puis, dicrètement, il traça une croix rouge sur la porte et courut aviser son chef de sa découverte. A la nuit tombante, Morgantina qui rentrait à la maison remarqua le signe insolite. Redoutant quelque danger, elle alla tracer des croix semblables sur les portes voisines. Et durant la nuit les brigands qui vinrent pour se venger durent renoncer, faute de trouver la bonne porte. Morgantina, sans le savoir, avait sauvé son nouveau maître d'une mort certaine. Quant au chef des brigands, il fit immédiatement tuer l'homme qui n'avait su donner une bonne indication.

119

"Quels nigauds vous êtes! Et des incapables! J'irai moi-même en ville!" commenta le chef. Puis il se déguisa en marchand et alla trouver Moustapha. Le cordonnier, heureux à l'idée de gagner encore des pièces d'or, retourna désigner la maison d'Ali Baba. Le chef, lui, ne traça aucun signe mais se contenta de bien observer la rue et la maison. De retour à son repaire, il chargea deux brigands d'acheter un char et trente-neuf jarres de grande dimension. Puis dans chaque jarre prit place un bandit: ceux-ci n'étaient plus que trente-huit depuis la mort d'un des leurs. La trente-neuvième jarre fut remplie d'huile et chargée avec les autres sur le char. Il fallut quatre chevaux pour le tirer jusqu'en ville. Quand l'attelage arriva devant le palais d'Ali Baba, la nuit était tombée. Au chef, déguisé toujours en marchand, le maître de maison demanda: "Puis-je faire quelque chose pour vous?" "Je suis un marchand d'huile, et demain je dois être de bonne heure au marché. Il est tard et je suis très fatigué: pouvez-vous m'héberger?" Ali Baba fut heureux d'offrir l'hospitalité à autrui, alors qu'il n'avait pu le faire autrefois dans sa misérable cabane. Il accueillit donc chaleureusement son hôte et l'invita à manger, puis ordonna à ses serviteurs d'amener dans la cour le char du "marchand".

Après un somptueux repas, le brigand se rendit dans la cour sous prétexte de contrôler qu'aucune de ses jarres ne s'était cassée pendant le voyage. Il souleva le couvercle de chaque récipient et avertit tous ses complices de se tenir prêts à sortir durant la nuit pour tuer les habitants du palais. Quelques instants plus tard, tout le monde dormait dans la maison, sauf Morgantina, qui avait encore à mettre la cuisine en ordre. L'idée lui vint de goûter l'huile du marchand pour la comparer à la sienne: elle sortit donc dans la cour. Elle avait retiré le couvercle de la première jarre lorsqu'elle entendit une voix demander: "C'est déjà l'heure?" Dominant sa frayeur, elle répondit en grommelant: "Pas encore! Plus tard!" La scène se répéta trente-huit fois. Quant à la jarre d'huile, Morgantina, qui était robuste, la transporta à la cuisine. Là, elle en transvasa le contenu dans un grand chaudron qu'elle plaça sur le feu. L'huile bientôt devint fumante; Morgantina en remplit une cruche plus petite, retourna dans la cour et versa un peu de liquide bouillant dans chacune des jarres. Tous les bandits furent ainsi tués. Puis Morgantina se cacha dans un coin et attendit. Peu après, le chef descendit dans la cour pour donner le signal de l'attaque; mais, ayant soulevé tous les couvercles et constaté que ses hommes étaient morts, il fut saisi d'effroi. Qu'avait donc de spécial cet endroit pour que tous ses plans y échouent? Telle une bête sauvage blessée, il s'enfuit dans la nuit et regagna seul son repaire.

Au matin, Morgantina raconta à Ali Baba les événements de la nuit. "Comment pourrais-je te remercier? Tu es une femme extraordinaire! Dès aujourd'hui, tu n'es plus une esclave: tu vivras librement dans notre maison!"

Après avoir enseveli les corps des bandits, de nuit, dans un bois voisin, Ali Baba pensa n'avoir plus rien à craindre. Le chef des brigands, lui, finit par se remettre des frayeurs de la terrible nuit; et une véritable soif de vengeance le gagna. Il décida cependant d'utiliser la ruse plutôt que la force. Il se rasa la barbe, se déguisa en marchand de tapis et se rendit au marché. Là, il réussit à faire la connaissance de Tabi, le fils d'Ali Baba, et à s'attirer sa sympathie et sa confiance.

"Tôt ou tard, ce sot m'invitera chez lui et je pourrai enfin les massacrer tous!" se disait-il.

De fait, Ali Baba dit à son fils:

"Il t'a vendu de merveilleux tapis à très bas prix! Invite-le à la maison!"

Quand leur hôte fut à table, Morgantina, qui faisait le service, eut un doute, qui devint bientôt une certitude: le marchand de tapis et le chef des brigands n'étaient qu'une seule et même personne!

Sans rien dire, elle retourna à la cuisine, mais en passant près d'Ali Baba, elle lui demanda la permission de danser à la fin du repas, en l'honneur de son hôte. "Si cela te fait plaisir!" répondit-il. Après le café, la jeune femme arriva dans un flottement de voiles, munie d'un tambourin et d'un poignard. A la fin de la danse, elle planta avec force la lame brillante dans la poitrine du faux marchand. Dominant les hurlements et la frayeur générale, elle cria: "C'est le bandit! Je l'ai reconnu, regardez-le bien! Il voulait nous tuer tous, et je l'en ai empêché!" Morgantina les avait tous sauvés, encore une fois. Tabi l'embrassa le premier, sans savoir que, quelque temps après, sa sympathie envers elle se transformerait en amour et qu'il l'épouserait. Ali Baba resta seul à connaître le secret du trésor; il l'administra sagement, mais se garda bien de révéler à quiconque la phrase magique.

LE SHAH-PERROQUET

Il était une fois... il y a bien des siècles, en Orient, un shah jeune et audacieux. Il avait comme conseiller un grand vizir, très vieux et très sage, nommé Saleb.
Le shah, comme tous ses sujets, adorait le dieu de la Raison et se rendait chaque jour au temple, dans un bois proche du palais royal.

En récompense de ses prières, le dieu donnait au shah de sages conseils sur l'art difficile de gouverner. Et de fait, jamais le royaume n'avait été si bien dirigé et n'avait joui d'une si grande prospérité. Mais un jour, à la fin de sa visite quotidienne, le shah entendit avec stupeur le dieu lui dire de sa voix puissante:

"Désormais, tu n'as plus besoin de mes conseils, tu es devenu assez sage. C'est donc la dernière fois que tu peux me parler, même si, à l'avenir, tu continues de venir prier. Mais avant de te laisser à ton destin, je veux te faire un don. Demande-moi ce qui te plaît, et j'exaucerai ton voeu!"

Le shah, prosterné devant la statue divine, réfléchit longtemps avant de répondre: "Dieu qui règnes sur nous tous, je te remercie de tout ce que tu as fait jusqu'à présent pour moi et pour mon peuple. Accorde le pouvoir de passer quand je le veux dans le corps de n'importe quel être, humain ou animal. Et fais que mon corps, entre-temps, bien qu'il soit inanimé, puisse attendre intact."

"D'accord! dit le Dieu; écoute attentivement ce que tu devras faire! Premièrement tu devras..." Le shah, de retour au palais, appela tout de suite le grand vizir: "Imagine, Saleb, que le dieu de la Raison, dans son infinie bonté, vient de m'accorder sa confiance et m'a fait cadeau d'un grand pouvoir..." Et il expliqua la faveur qu'il avait reçue. Plein d'appréhension mais n'en laissant rien paraître, le grand vizir pensa: "Une faculté aussi étrange et démesurée peut changer le destin et la vie de mon roi. Je dois tout faire pour qu'il continue à vivre et à régner comme jusqu'à présent. Il doit se marier au plus vite et fonder une famille. Cela lui évitera de prendre des décisions hasardeuses. Bien gouverner exige qu'on se comporte comme tout un chacun."

Par-delà les montagnes qui cernaient le pays, s'étendait une plaine vaste et fertile. Un roi très âgé y régnait; sa fille unique, Gala, était si belle et si douce qu'il ne voulait la donner en mariage à personne, malgré l'insistance des gens de sa cour. Il était même si jaloux, qu'il aurait voulu la garder près de lui pour toujours.

Afin de décourager d'éventuels prétendants, il se servait de l'oeuvre d'un magicien, un arbre enchanté planté dans le jardin du palais. Il s'agissait d'un immense grenadier portant trois énormes fruits. Au coucher du soleil, ses branches s'abaissaient jusqu'à terre, les grenades s'ouvraient, laissant apparaître trois lits de plumes très confortables. Dans le fruit central prenait place la princesse Gala, dans les deux autres ses servantes. Puis les fruits se refermaient et, tandis que les trois grenades reprenaient peu à peu leur grandeur normale, les branches se redressaient vers le ciel, mettant leurs occupantes hors d'atteinte.

En outre, autour du jardin, sept murs d'enceinte avaient été construits et rendus infranchissables par des milliers de pointes acérées plantées sur leur faîte.

Le roi, finalement, avait fait proclamer un édit:

"Quiconque voudra épouser ma fille devra être riche, noble et beau, mais encore réussir à cueillir la grenade où elle repose. S'il reste prisonnier des pointes d'un des sept murs d'enceinte, il ne sera par secouru et mourra!"

Or Gala était précisément l'épouse que le grand vizir avait choisie pour son roi. Entre-temps, de nombreux princes courageux et de vaillants chevaliers étaient morts, transpercés par les pointes acérées des murs d'enceinte protégeant le jardin enchanté.

Saleb, qui désirait avant tout le mariage du shah, finit par admettre que seuls les pouvoirs extraordinaires accordés à celui-ci par le dieu de la Raison permettraient de surmonter toutes ces difficultés. Il se devait donc de convaincre le prince de tenter l'entreprise. Jour après jour, le grand vizir se mit à parler des obstacles que rencontraient les prétendants de la princesse. Le shah écoutait volontiers ces discours, amusé d'abord, puis toujours plus curieux; il finit par demander quelles étaient les dernières tentatives connues des messagers du grand vizir.

Celui-ci mêlait habilement à ses propos des commentaires sur la beauté de Gala. Tant et si bien que le shah devint malgré lui amoureux de la jeune fille, qu'il ne connaissait même pas. De là à imaginer un plan pour atteindre le grenadier enchanté, il n'y eut qu'un pas. Sitôt après il se fit apporter dans sa chambre un gros perroquet au bec robuste et aux ailes multicolores. Le shah allait se servir de la faculté que le dieu lui avait accordée. Etendu sur son lit, il s'adressa à Saleb: "Dans quelques instants, mon âme abandonnera mon corps pour entrer dans celui du perroquet, et mon corps restera inanimé jusqu'au retour de l'oiseau. Veille donc sur lui jour et nuit afin qu'il reste intact."

Puis, après avoir longuement prié le dieu de la Raison, le shah suivit toutes les instructions reçues et s'endormit d'un profond sommeil. Son souffle s'affaiblit peu à peu jusqu'à cesser complètement, et son visage pâlit: son corps gisait sur le lit, immobile, privé de vie. Saleb, qui assistait inquiet à la scène, s'aperçut que le perroquet, très tranquille jusque-là, commençait à s'agiter, à battre des ailes. Le grand vizir ouvrit la fenêtre et l'oiseau s'envola. Le perroquet atteignit rapidement les hautes montagnes. L'air plus froid rendit son vol difficile, mais bientôt la dernière crête fut franchie. Au loin scintillaient les mille pointes des enceintes. Parvenu au-dessus d'elles, le perroquet, fatigué, faillit tomber plus d'une fois et s'y empaler. Mais il se posa finalement, épuisé, tout près du grenadier enchanté. Lorsque le soleil se coucha, Gala et ses deux servantes s'approchèrent de la plante pour grimper dans leur refuge nocturne. Avant que les grenades ne se referment, le babil des trois jeunes filles éveilla le shah-perroquet. Un bref instant, celui-ci put admirer le très beau visage de Gala: son regard lumineux semblait lui sourire.

Puis les branches de l'arbre commencèrent à se soulever
lentement, tandis que, comme par magie, les fruits fermés
reprenaient leur dimension normale.

Alors le perroquet prit son vol, cueillit d'un coup de bec précis le
fruit qui renfermait Gala et s'enfuit dans la nuit et le tenant
délicatement mais fermement entre ses griffes.

Les étoiles, haut dans le ciel, indiquèrent au shah-perroquet le
chemin du retour. Les montagnes furent encore plus difficiles à
franchir qu'à l'aller, mais l'oiseau ne sentait ni le froid, ni la
fatigue: seul le souvenir du merveilleux visage de Gala occupait
son esprit. Cependant, le poids du fruit magique se fit toujours
plus pesant, empêchant l'oiseau de voler aussi rapidement qu'il
l'aurait souhaité. Ses battements d'ailes se firent plus lents, et il
craignit plusieurs fois que la grenade ne tombât. Et chaque fois
le souvenir des yeux de Gala lui redonna une énergie nouvelle.
Son pays lui apparut enfin, les montagnes étaient franchies! Mais
il lui fallait encore parcourir une longue distance avant de
retrouver son corps et de pouvoir ainsi admirer l'épouse dont il
avait tant rêvé.

Saleb, après le départ du perroquet, s'était installé à la fenêtre de la chambre où gisait le corps inanimé du shah.
Nuit et jour, il avait scruté le ciel, prié aussi, tout en regrettant malgré tout d'avoir incité le shah à entreprendre une expédition aussi risquée. Tout à coup, il sauta de joie et s'écria:
"Dieu soit loué! Enfin! Enfin..." Saleb apercevait le perroquet dans le ciel où les étoiles pâlissaient et où les nuages se coloraient de rose sous l'effet du soleil levant.

L'oiseau aux belles couleurs vint enfin déposer sur le lit son
précieux chargement; ensuite il reprit place sur son perchoir.
C'est alors que le corps inanimé du shah reprit progressivement
vie; prosterné devant lui, le grand vizir lui dit:
"Majesté, quelle frayeur! Je craignais ne plus vous revoir!"
Le soleil apparut à l'horizon, et ses premiers rayons entrèrent
par la fenêtre. Sous leur effet, le prodige de chaque matin eut
lieu: la grenade devint énorme et s'ouvrit; Gala, surprise mais
souriante, en sortit: "Où suis-je? Quel est ce lieu? Qui m'a
amenée ici?"

Le shah prit la main de la princesse entre les siennes et l'effleura d'un baiser:
"Vous êtes dans le palais de votre futur époux!"
Le grand vizir applaudit, rayonnant de joie.
Les noces furent célébrées le jour suivant et les deux époux régnèrent dans le bonheur.
Dès lors, tous les perroquets du royaume bénéficièrent des attentions et du respect de chacun. Sur le blason royal, on ajouta un perroquet, et c'est ainsi que l'image de cet oiseau figura longtemps sur les drapeaux de l'armée.
Il était devenu sacré pour tous les sujets du shah.

LA PRINCESSE TRISTE

Il était une fois... un empereur très exigeant qui prélevait de lourds tributs auprès de ses sujets.

Les gens modestes n'étaient pas seuls concernés: les nobles de l'immense royaume devaient aussi verser des impôts toujours plus élevés.

Jusqu'au jour où les princes se réunirent pour protester. L'empereur, qui eut connaissance de cette réunion, craignit une rébellion et proclama immédiatement un édit:

"L'empereur exemptera d'impôts le prince qui réussira à consoler sa fille aînée Sarah de la mort de son fiancé et qui parviendra à la faire sourire de nouveau!"

L'édit impérial provoqua une grande confusion parmi les nobles: une petite minorité d'entre eux protesta, disant que le roi ne modifiait pas les impôts pour autant; mais la majorité était constituée de princes se croyant en mesure de donner satisfaction à l'empereur. Ils quittèrent donc l'assemblée pour se préparer à l'épreuve. Dès ce jour, une multitude de nobles chevaliers venus de toutes les régions du vaste empire se présentèrent au palais. La foule nombreuse qui les applaudissait à leur entrée, les conspuait et leur adressait des sifflements moqueurs lorsqu'ils ressortaient après avoir échoué.

Les jours passaient, la liste des déçus s'allongeait. Des Indiens, des Caucasiens, des Arabes, des Turcs s'étaient présentés, et de toutes les provinces arrivaient encore de nombreux jeunes gens hardis et pleins d'espoir.

La princesse, cependant, ne cessait de pleurer, désespérément. L'empereur, en revanche, semblait heureux, car chaque prince qui échouait continuerait à payer le tribut qui lui avait été imposé.

Le peuple, de son côté, était satisfait de voir que les privilégiés n'obtenaient pas toujours ce qu'ils souhaitaient. Et Sarah, pour sa part, continuait à se lamenter.

Un jour pourtant, un prince mongol sembla réussir: pendant des heures il joua sur sa balalaïka des airs d'abord tristes, puis de plus en plus gais. La princesse l'écouta, étendue sur un divan, ses yeux secs fixés sur lui. Chacun allait crier au miracle, lorsqu'elle se remit soudain à sangloter, à la déception générale. Un chef de tribu kurde, connu pour ses facéties et qui avait su jusque-là amuser et faire rire toute la cour, ne réussit même pas, avec ses boutades, à obtenir de Sarah l'ombre d'un sourire. Devant lui aussi, les yeux noirs et tristes de la jeune femme s'emplirent de larmes.

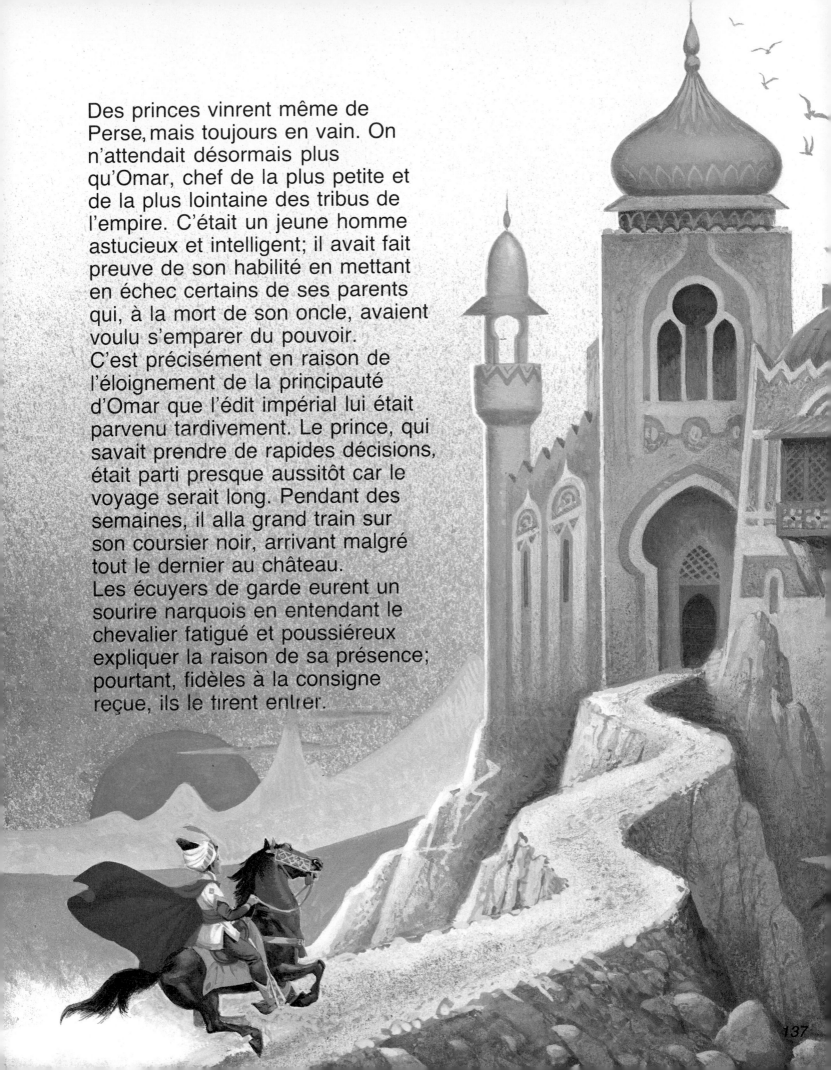

Des princes vinrent même de
Perse, mais toujours en vain. On
n'attendait désormais plus
qu'Omar, chef de la plus petite et
de la plus lointaine des tribus de
l'empire. C'était un jeune homme
astucieux et intelligent; il avait fait
preuve de son habilité en mettant
en échec certains de ses parents
qui, à la mort de son oncle, avaient
voulu s'emparer du pouvoir.
C'est précisément en raison de
l'éloignement de la principauté
d'Omar que l'édit impérial lui était
parvenu tardivement. Le prince, qui
savait prendre de rapides décisions,
était parti presque aussitôt car le
voyage serait long. Pendant des
semaines, il alla grand train sur
son coursier noir, arrivant malgré
tout le dernier au château.
Les écuyers de garde eurent un
sourire narquois en entendant le
chevalier fatigué et poussiéreux
expliquer la raison de sa présence;
pourtant, fidèles à la consigne
reçue, ils le tirent entrer.

137

"Ce soir, il est trop tard. Tu ne pourras voir la princesse que demain!" lui dirent-ils en lui offrant l'hospitalité. Les autres filles de l'empereur, dans leurs appartements, eurent conaissance de l'arrivée du nouveau venu: "C'est le plus beau qui se soit présenté!" dit l'une à ses soeurs qui l'interrogealent avec impatience. Conduites par Marika, la plus petite et la plus jolie, elles allèrent jeter un coup d'oeil, par une fenêtre entrouverte, sur le jeune homme qui reposait. Au matin, l'empereur ordonna que le prince fût amené devant Sarah. Un rassemblement se fit autour d'eux, chacun étant curieux de voir comment le prince s'y prendrait pour faire sourire la princesse. Contrairement aux autres chevaliers, Omar ne fit et ne dit rien: il se contenta de fixer Sarah, qui soutint son regard sans manifester aucune émotion. Ce dialogue muet dura longtemps; puis le prince, qui était agenouillé devant Sarah, se leva et demanda à parler à l'empereur. "Majesté, prêtez-moi votre sceptre et je résoudrai le problème!" L'empereur, surpris par l'étrange requête, ne put refuser et suivit Omar dans la chambre de Sarah, accompagné de ses filles qui regardaient le beau prince en chuchotant et en échangeant des sourires et des clins d'oeil complices. Omar fit une grande révérence devant Sarah; soudain, il se redressa et porta un violent coup de sceptre sur la tête de la princesse.

La pièce résonna de cris de frayeur; l'empereur, furieux, leva les bras au ciel; terrorisées, ses filles s'échappèrent dans toutes les directions, tandis que les gardes dégainaient leurs épées. Tous s'interrompirent, stupéfaits, lorsqu'ils s'aperçurent que de la tête de Sarah, qui s'était détachée sur le coup, sortait un étrange mécanisme. Sarah, la princesse que personne ne parvenait à faire sourire, était en réalité une marionnette, si parfaite qu'elle avait jusque-là trompé tout le monde, sauf l'astucieux Omar. La seule qui riait encore était Marika. Son père lui jeta un regard sévère. "Tais-toi...!" Il s'aperçut toutefois de l'absurdité de la situation. Bien sûr grâce à cette fausse Sarah imaginée par lui, il avait pu continuer à percevoir de lourds impôts chez tous ses sujets. Mais maintenant qu'un prince plus rusé que les autres avait découvert la supercherie, pourquoi ne pas?..." Une idée lui était soudain venue à l'esprit: il pourrait du même coup se libérer de l'insolente Marika et gagner un gendre habile, capable de l'aider à régner. "Pour ton audauce, je devrais te faire tuer; mais tu auras la vie sauve si tu épouses la plus jeune de mes filles; naturellement, comme je l'ai promis, tu ne paieras plus d'impôts!" Omar acquiesça d'un signe de tête, sourit à Marika et pensa: "Mon cher beau-père, un jour je te succéderai sur le trône impérial!" Et c'est ce qui se passa quelques années plus tard.

LE CALIFE-CIGOGNE

Il était une fois... en Perse, un calife jeune et beau nommé Shazid, aimé de tout son peuple. Il n'avait qu'un ennemi, Kashenour, un magicien puissant et cruel qui rêvait de placer son fils sur le trône du calife. Shazid aimait à s'entourer d'objets anciens et précieux, et il recevait tous les marchands qui en proposaient. C'est ainsi que Kashenour, déguisé en marchand, fut un jour présenté au calife par le grand vizir Mansor. Shazid acheta tout ce que le marchand lui offrait; en dernier, celui-ci présenta un coffret ancien muni d'un petit tiroir. "Que contient ce tiroir?" demanda Shazid. "Je ne sais pas", mentit Kashenour. Et il en tira un parchemin portant un texte rédigé en langue étrangère ainsi qu'un flacon rempli d'une poudre noire. "Quoi que ce soit, je vous en fais cadeau!" Le calife, curieux, ordonna à un groupe de sages de déchiffrer le parchemin. Quelques jours plus tard, il eut la réponse: "Quiconque lira ces mots pourra se transformer en un animal de son choix et en comprendre le langage après avoir respiré la poudre noire et prononcé le mot MUTABOR. Pour redevenir un humain, il faudra s'incliner trois fois en direction de l'Orient en prononçant le même mot. Mais malheur à qui rira pendant qu'il sera animal. Le mot magique sortira de sa mémoire et sa forme humaine ne lui reviendra jamais."

"Mansor, lis ceci! Nous pourrions nous trasformer en animal! Qu'en penses-tu?" "Majesté, quoi que vous fassiez, je serai avec vous!" répondit le grand vizir en s'inclinant. "Très bien! Nous essaierons demain!" Le lendemain, à l'aube, tous deux sortirent du palais, et lorsqu'ils furent certains de n'être vus de personne, le calife sortit le flacon. "En quoi allons-nous nous transformer?" Mansor ne savait que suggérer, mais soudain, ayant aperçu une cigogne, il s'exclama: "Cigognes! Devenons des cigognes!" Shazid respira la poudre noire, puis le grand vizir en fit de même; ensuite ils prononcèrent ensemble le mot magique: MUTABOR. Aussitôt leurs jambes se transformèrent en longues pattes à peau cornée rugueuse, leurs vêtements devinrent de grandes plumes blanches tandis qu'un manteau de duvet recouvrait tout leur corps. A l'endroit où se tenaient les deux hommes, deux cigognes s'observaient, incrédules. Ayant agité leurs ailes, les nouveaux oiseaux découvrirent avec stupeur que voler leur était possible, maladroitement d'abord, puis avec toujours plus d'assurance. Qu'elle était différente la terre, vue d'en haut! "Allons faire la connaissance d'autres cigognes!" proposa joyeusement Shazid; et il se dirigea vers l'estuaire d'un grand fleuve. Que de choses nouvelles le calife et le grand vizir apprirent ce jour-là sur la vie des oiseaux. Mais le sautillement d'une cigogne amoureuse parut si comique à Shazid et Mansor qu'ils éclatètent de rire, oubliant les conséquences évoquées sur le parchenim. Ce n'est que plus tard qu'ils s'en souvinrent.

Tard dans l'après-midi, satisfaits de leurs découvertes, ils décidèrent de rentrer au palais royal.

D'un vol lent et majestueux, ils revinrent en ville et se rendirent compte aussitôt qu'un événement s'était produit: les rues étaient envahies par une foule toujours grossissante qui se dirigeait vers le palais et y pénétrait par la porte principale. Shazid vit alors sa chaise à porteur occupée par un inconnu et entourée de sa propre garde du corps. Il en fut stupéfait et furieux. Il ignorait que la ruse de Kashenour avait réussi.

"Vite, retournons au palais! Qui est cet imposteur?" s'écria le calife. Mansor, tout aussi stupéfait, répondit:

"C'est le fils de Kashenour, le magicien que tu as un jour chassé du palais et qui avait juré de se venger! T'en souviens-tu?"

Ils se posèrent au sol afin de reprendre leur apparence d'hommes. Aussitôt l'effroi les saisit: ils ne se souvenaient plus du mot magique! Shazid, troublé, ne réussit qu'à balbutier:

"Je ne me souviens pas... je ne me souviens pas..."

Alors ils se regardèrent, consternés:

"Nous ne pouvons plus redevenir comme avant!"

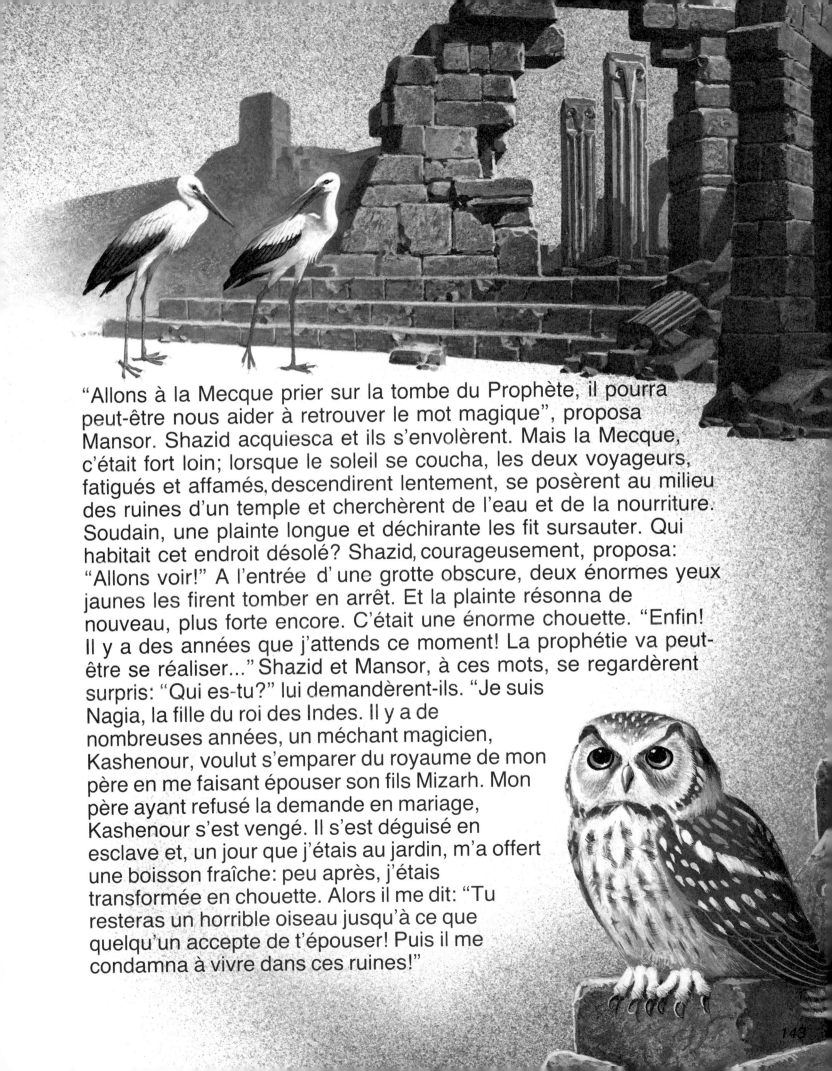

"Allons à la Mecque prier sur la tombe du Prophète, il pourra peut-être nous aider à retrouver le mot magique", proposa Mansor. Shazid acquiesca et ils s'envolèrent. Mais la Mecque, c'était fort loin; lorsque le soleil se coucha, les deux voyageurs, fatigués et affamés, descendirent lentement, se posèrent au milieu des ruines d'un temple et cherchèrent de l'eau et de la nourriture. Soudain, une plainte longue et déchirante les fit sursauter. Qui habitait cet endroit désolé? Shazid, courageusement, proposa: "Allons voir!" A l'entrée d'une grotte obscure, deux énormes yeux jaunes les firent tomber en arrêt. Et la plainte résonna de nouveau, plus forte encore. C'était une énorme chouette. "Enfin! Il y a des années que j'attends ce moment! La prophétie va peut-être se réaliser..." Shazid et Mansor, à ces mots, se regardèrent surpris: "Qui es-tu?" lui demandèrent-ils. "Je suis Nagia, la fille du roi des Indes. Il y a de nombreuses années, un méchant magicien, Kashenour, voulut s'emparer du royaume de mon père en me faisant épouser son fils Mizarh. Mon père ayant refusé la demande en mariage, Kashenour s'est vengé. Il s'est déguisé en esclave et, un jour que j'étais au jardin, m'a offert une boisson fraîche: peu après, j'étais transformée en chouette. Alors il me dit: "Tu resteras un horrible oiseau jusqu'à ce que quelqu'un accepte de t'épouser! Puis il me condamna à vivre dans ces ruines!"

"Alors tu es aussi victime de Kashenour, comme nous!" dit le calife.
Et à son tour, il raconta leur histoire.
"Et maintenant, qu'allons-nous faire?"
"Tout n'est peut-être pas perdu, dit alors la chouette; Kashenour
participe toujours à une réunion de magiciens dans une salle de ce
temple, et pendant leur banquet ils se racontent leurs derniers
exploits. Si Kashenour en fait autant, il laissera peut-être échapper le
mot que vous cherchez!" "Bravo! Allons tout de suite nous poster
dans cette salle!" s'exclamèrent Shazid et Mansor. La chouette ne
bougea pas: "Mais d'abord, l'un de vous doit promettre de
m'épouser, sinon je resterai pour toujours un oiseau!" Le calife
s'adressa au grand vizir: "C'est l'unique possibilité de nous sauver.
Tu dois te sacrifier et l'épouser!" "Majesté, répondit Mansor, j'ai déjà
douze fils et si j'amenais une jeune épouse à la maison, ma femme
me tuerait! Vous savez bien que c'est une vieille harpie!"
Shazid se tourna en soupirant vers la chouette: "D'accord! Je
promets de t'épouser, mais il nous faut absolument rompre
l'enchantement qui nous maintient en oiseaux." La chouette s'envola
et les conduisit par une étroite galerie jusqu'aux souterrains du
temple. "Voilà, c'est ici qu'ils se réunissent! Nous pourrons les épier
par cette ouverture; mais il faudra du temps et de la patience, car je
ne sais pas quand ils viendront."

A tour de rôle, pendant des jours, ils montèrent la garde; et un soir les magiciens arrivèrent, s'éclairant de torches et parlant fort.
Le banquet commença, les magiciens levèrent souvent leur coupe à leur santé réciproque; et se racontèrent leurs hauts faits et leurs projets. Même Kashenour: "Savez-vous comment j'ai pu mettre mon fils sur le trône du calife Shazid?" demanda-t-il.
Et il raconta sa ruse...
Quand il prononça le fameux mot, les deux cigognes exultèrent: "MUTABOR, MUTABOR! Voilà le mot magique!"

La chouette accompagna le calife et son compagnon à l'extérieur. Ceux-ci s'inclinèrent trois fois vers l'Orient en prononçant le mot ré-entendu et redevinrent aussitôt des hommes.
Ce n'était pas le seul prodige car la chouette, au même moment, s''était transformée en une très belle jeune fille. Incrédules et émus, ils s'embrassèrent et tombèrent dans les bras les uns des autres. Puis le calife s'adressa à la jeune fille:
"Je tiendrai ma promesse. Dès que je remonterai sur le trône, tu deviendras ma femme!"
Mais d'abord, il fallait chasser Mizarh du trône!

Ayant détaché les chameaux des magiciens, ils en prirent chacun un et dispersèrent les autres dans le désert. Ensuite ils se dirigèrent vers la ville, sûrs de ne pas être poursuivis.

Guidés par les étoiles, une lune pâle éclairant leur chemin, ils parvinrent aux portes de la ville alors qu'il faisait déjà jour.

"Le calife est vivant! Le calife est vivant!" Des cris de joie accueillirent le retour du souverain.

Au fur et à mesure qu'ils avançaient, les rues se remplissaient d'une foule dense qui applaudissait. En un éclair, la nouvelle se répandit partout.

"Shazid est revenu, Mizarh a menti!"

C'est ainsi que fut déjoué le plan du
magicien. Mizarh, en apprenant la nouvelle,
tenta de fuir avec ses partisans à travers
les jardins du palais royal; mais il fut
découvert et arrêté. Kashenour finit aussi
par être pris et enchaîné, et ce fut le
peuple qui, ayant appris ses méfaits, le
jugea: "A mort! A mort!"
Alors le bourreau fit rouler dans la
poussière la tête du malfaiteur. Quant à
son fils, on lui fit respirer la poudre
magique qui avait causé tant de malheur
et, le mot MUTABOR ayant été prononcé, il
se transforma à son tour en cigogne.
Enfermé dans une cage, il fut placé pour
toujours dans la plus haute tour du palais.
Ces tristes événements ne suffirent pas à
ternir la grande joie que chacun connut au
palais de Shazid, car Nagia fut pour le
calife la femme idéale dont il avait rêvé.

Il y avait une fois....

... un chat très rusé qui transforma un jeune homme pauvre en un riche seigneur.

LE CHAT BOTTE

Il était une fois... un meunier qui, à sa mort, laissa à ses trois fils un moulin, un âne et un chat.
L'aîné reçut le moulin et en fut très satisfait; le second hérita de l'âne et partit chercher fortune; au cadet, par contre, ne resta que le chat.

Après la répartition des biens, le jeune homme s'assit, abattu, sur une pierre et, poussant un profond soupir, se dit:

"Un chat... que vais-je en faire?"

Mais, à son grand étonnement, il entendit:

"Maître, ne soyez pas triste! Croyez-vous que je vaille moins qu'un moulin en ruine ou qu'un âne pelé? Donnez-moi un sac, une paire de bottes et un chapeau à plumes et, vous verrez, je ferai de grandes choses pour vous!"

Le chat parla encore longtemps et convainquit le jeune homme de lui donner ce qu'il demandait. Après quoi, ayant mis ses bottes et son chapeau à plumes, il se dirigea tout joyeux vers le bois.

"Nous nous reverrons bientôt!" dit-il à son maître.

Caché derrière un arbre, il attendit patiemment qu'un lapin de garenne s'approchât de lui et, d'un bond, lui sauta dessus. Il l'enfila dans son sac et se rendit au palais royal. Il dit aux gardes qui l'arrêtaient, qu'il devait remettre un cadeau au roi. On le laissa passer et il se présenta devant le souverain.

"Le marquis de Carabas vous envoie un magnifique lapin de garenne qu'il vient de chasser!" dit-il en faisant une profonde révérence.
Puis il ajouta: "A demain, Majesté!" et s'en alla.
Les jours suivants, il continua d'apporter à la cour, toujours au nom du marquis, lièvres, perdrix et autre gibier.

La reine qui, jusqu'alors, n'avait jamais entendu parler du marquis, dit au roi: "Quel gentilhomme, ce marquis de Carabas!"

A la cour, tout le monde commença à dire:

"Ce doit être un excellent chasseur!"

"Il est très dévoué au roi" ajoutaient d'autres personnes.

Toujours plus intriguée, la reine demanda un jour au chat:

"Ton maître est-il jeune?"

"Jeune, Majesté, et beau également" répondit le chat sur-le-champ.

"Et... est-ce qu'il est riche aussi?" continua la reine.

"Bien sûr qu'il est riche! Très riche, même! Et il serait très heureux de recevoir Leurs Altesses dans son château!"

Le roi et la reine, curieux de pouvoir enfin faire la connaissance de ce mystérieux marquis aussi empressé à leur égard, acceptèrent volontiers. La reine, surtout, voulait en savoir plus: si ce jeune homme était vraiment aussi beau et aussi riche qu'on le disait, il serait peut-être un mari idéal pour sa fille.

Ce jour-là, le chat arriva tout essoufflé auprès de son maître:

"Le roi et la reine veulent faire votre connaissance et vont venir vous voir!"

"Voir un pauvre diable comme moi?! Ils me feront battre!"

Mais le chat lui répliqua aussitôt:

"Ne vous inquiétez pas! J'ai un plan qui va tout arranger!"

Quelques jours plus tard, le chat vint à savoir que le roi et la reine allaient faire un tour pour montrer à leur fille la campagne environnante. Il revint immédiatement auprès de son maître et lui dit:

"Maître, préparez-vous!"

"Me préparer à quoi?" répondit le jeune homme.

"A vous baigner dans la rivière" continua le chat.

"Mais je ne sais pas nager!" dit encore le jeune homme.

"Tant mieux! Suivez-moi!" fut la réponse du chat. Le jeune homme, toujours plus troublé, n'arrivait pas à comprendre quel était le plan du chat; mais, désormais, il avait confiance en lui et il ne lui posa plus d'autres questions.

Ils arrivèrent au bord de la rivière et, quand ils virent s'approcher le carrosse du roi escorté de ses chevaliers, le chat s'écria:

"Courage, maître, déshabillez-vous et jetez-vous à l'eau!"

Puis, après avoir caché les misérables vêtements du jeune homme derrière un buisson, il se mit à hurler:

"Au secours! Le marquis de Carabas est en train de se noyer."

Ses cris parvinrent aux chevaliers de l'escorte du roi et celui-ci leur ordonna de porter secours au pauvre jeune homme, qui était réellement en train de se noyer. Quand on l'eut ramené sur la rive, le roi, la reine et même la princesse l'entourèrent.

"Apportez immédiatement un habit neuf au marquis de Carabas!" ordonna le roi.

Pendant ce temps, la reine disait à la princesse:

"Heureusement qu'il est sain et sauf. Un aussi beau jeune homme! Qu'en penses-tu?"

La princesse acquiesça:

"C'est vrai, maman, il est vraiment beau!"

Le chambellan, qui avait compris la situation, s'exclama:

"Il est certes jeune et beau, mais il faut voir s'il est riche aussi!"

Le chat, qui se trouvait près de lui et avait tout entendu, répondit aussitôt:

"Très riche! Toutes les terres que vous voyez autour de vous et même ce château là-bas lui appartiennent! Je cours devant pour vous préparer un accueil digne de ce nom!"

C'est ainsi qu'il se mit à courir, criant aux paysans qui travaillaient dans les champs:
"Si l'on vous demande qui est votre maître, répondez:
— C'est le marquis de Carabas —, sinon vous serez battus!"
De sorte qu'un peu plus tard, lorsque le carrosse passa, les paysans répondirent au roi que leur maître était le marquis de Carabas.

Pendant ce temps, le chat était arrivé au château où habitait un ogre gigantesque et cruel.

Quand le chat frappa à la porte principale, il se dit:

"Il faut que je fasse attention, sinon je ne sortirai pas vivant d'ici!"

Quand la porte fut ouverte, il ôta son chapeau à plumes et s'exclama:

"Mes hommages, Messire l'ogre!"

"Que veux-tu, le chat?" demanda l'ogre désagréable et menaçant.

"On m'a dit que vous avez de grands pouvoirs. Que vous pouvez prendre la forme d'un lion ou d'un éléphant!"

"C'est vrai" répondit le terrible personnage, "et alors, que veux-tu?"

"J'ai parié, avec quelques amis, que vous n'êtes cependant pas capable de prendre la forme d'un animal très petit, une souris par exemple" reprit le chat.

"Ah! Et tu es ici pour savoir si tu as raison?" demanda l'ogre.

Le chat, tremblant de peur, fit signe que oui et ajouta:

"D'habitude, ceux qui font d'énormes choses ne sont pas capables d'en faire de minuscules!"

"Eh bien, je vais te montrer" répliqua l'ogre en colère et, en un instant, il prit la forme d'une souris. Alors, le chat lui sauta dessus et l'avala d'une seule bouchée. Puis, il courut à l'entrée du château où il arriva en même temps que le carrosse du roi.

"Bienvenue au château du marquis de Carabas!" dit-il en ouvrant tout grand la porte. La reine entra, le jeune meunier à son bras:

"Cher marquis, vous n'êtes pas marié, n'est-ce pas?"

Le jeune homme répondit:

"Non, majesté, mais je serais très heureux d'avoir une femme!" Disant cela, il fixa longuement la belle princesse, qui lui sourit à son tour. Le plan que le chat avait échafaudé était en train de se réaliser et, bientôt, furent célébrées les noces de la fille du roi et du jeune homme, devenu désormais le marquis de Carabas.

Le grand château de l'ogre devint leur demeure et le chat resta le fidèle conseiller du jeune homme. De temps en temps, quand ils étaient seuls, il lui murmurait en clignant de l'oeil:

"Vous voyez, maître, que je vaux bien un âne pelé et un vieux moulin en ruine!"

TILL L'ESPIÈGLE

Il était une fois... il y a plus de cinq cent ans, un enfant très joyeux nommé Till l'espiègle.
Il avait un visage sympathique et malicieux, et un caractère très vif.
Si vif qu'il en faisait de toutes les couleurs...
Quand il vint au monde, ses parents ne pouvaient certes pas imaginer qu'il deviendrait célèbre par ses espiègleries.
Till s'amusait à se moquer des gens et il était toujours prêt à inventer de nouvelles farces.
Souvent, les voisins se rendaient dans l'atelier de son père qui était forgeron, pour se plaindre: "Monsieur, vous avez un fils vraiment mal élevé!" lui disaient-ils.
Le père de Till n'accordait pas beaucoup d'importance à ces rumeurs:
"C'est un enfant turbulent, cela lui passera en grandissant" pensait-il. Mais, jour après jour, les plaintes continuaient. A la fin, le père de Till perdit patience et appela son fils:
"Je suis las de tes sottises! Tout le monde dit du mal de toi! Si tu ne changes pas, tu sentiras la ceinture de mon pantalon sur ton dos!"

Mais son fils, qui avait réponse à tout, lui dit d'un air innocent:
"Je ne gêne personne! Ce sont les autres qui m'en veulent! Je ne comprends pas pourquoi..."
Alors, son père lui dit brusquement:
"Bien! Nous allons voir si tu as raison! Demain, nous irons ensemble au marché. Gare à toi, si tu fais encore des tiennes!"
Mais, pendant la nuit, Till combina une autre de ses farces. En effet, le matin suivant, dès qu'il fut monté sur le cheval derrière son père, il s'accrocha dans le dos un écriteau sur lequel il avait écrit:
"Celui qui lit cet écriteau est un imbécile!"
Ils arrivèrent au marché. Au fur et à mesure qu'ils avançaient parmi les gens, ceux-ci, lisant l'écriteau, se fâchaient. Et beaucoup d'entre eux, vexés, insultaient à leur tour le garçon, tant et si bien que le père de Till, qui ne s'était rendu compte de rien, dit tout étonné à son fils:
"Tu as vraiment raison, les gens ne t'aiment pas! Monte devant moi! S'ils continuent à t'insulter, ils vont m'entendre!"
Till changea de place, mais, sans se faire voir de son père, il accrocha l'écriteau à son cou et, par conséquent, les insultes continuèrent.
Son père, ne comprenant pas la raison de tant de rancoeur, ne put s'empêcher de dire:
"Je regrette que les gens soient si fâchés contre toi! Il n'y a que ton père qui t'aime!" et il l'embrassa sur la joue!

Till continua ainsi à faire des farces à tout
le monde, mais son père ne le grondait
plus, malgré les plaintes qu'il recevait.
A cette époque, une troupe de comédiens
ambulants s'arrêta en ville:
saltimbanques, avaleurs de sabres et
acrobates s'exhibaient dans les rues.
Till aimait beaucoup les acrobates, surtout
lorsque, une perche à la main, ils
s'aventuraient en équilibre sur une corde!
Un jour, il demanda à l'un d'eux s'il pouvait essayer, mais, pour toute
réponse, il reçut une gifle. Alors il se rendit dans le bois, prit une corde,
l'attacha à deux arbres et essaya de s'exercer tout seul.
Il se mit pieds nus, pour garder un meilleur équilibre; il tomba souvent,
mais, petit à petit, il réussit à faire de tels progrès qu'il lui sembla être
devenu aussi habile que les acrobates du cirque.
Il sentit qu'il était prêt à donner un spectacle et commença à parcourir la
ville en criant à tue-tête:
"Venez tous voir Till l'acrobate marcher sur une corde!"
Quand ils apprirent que ce coquin de Till allait exécuter un exercice
aussi dangereux, les habitants accoururent nombreux dans l'espoir
de le voir tomber.
Till avait attaché une des extrémités de la corde au balcon de sa maison
et l'autre à un arbre, de l'autre côté de la rivière. Il venait à peine de
commencer, dans un silence total, à marcher sur la corde au-dessus de
l'eau, que sa mère apparut au balcon, ne sachant rien de ce que son fils
avait combiné.

Figée de peur en voyant son fils se balancer sur cette corde, une perche à la main, la brave femme eut tout juste la force de crier:

"Till! Descends de là tout de suite!"

Comme le garçon ne lui obéissait pas et continuait, imperturbable, son exercice, elle se fâcha et, sans réfléchir à la gravité de son geste, elle prit une paire de ciseaux et coupa la corde. Till tomba dans la rivière, mais, comme il savait nager, il réussit à atteindre la rive. Tout le monde riait et se moquait du garçon. Quelqu'un cria:

"Eh, l'acrobate! Heureusement que, sous la corde, il y avait l'eau et non pas la terre, sinon, en ce moment, tu aurais la tête toute fracassée!"

D'autres disaient:

"Bien fait pour toi! Tu as été puni pour toutes les mauvaises farces que tu nous as faites!"

Till sortit trempé de la rivière, mais il ne semblait ni triste ni mortifié. Au contraire, quand il vit autour de lui la foule qui se moquait de lui, il s'exclama:

"Je vous montrerai, moi, de quoi je suis capable!"

Rentré chez lui, Till reçut deux gifles, l'une de son père et l'autre de sa mère, mais il ne renonça pas pour autant à son idée. Il décida même de montrer ses talents d'acrobate sur la place principale.

Un jour que son père et sa mère s'absentèrent pour aller rendre visite à quelques parents, il en profita et courut dans les rues pour annoncer son exhibition et, encore une fois, une foule nombreuse se rassembla pour le voir marcher sur la corde...

Cette fois, il voulut rendre l'exercice plus difficile et demanda à tout le monde: "Donnez-moi une de vos chaussures. Je la mettrai dans ce sac que je garderai sur mes épaules pendant que je marcherai sur la corde!"

Tout le monde, riant et plaisantant, lui apporta une chaussure et Till commença son spectacle.

Mais, quand il fut au centre de la place, au-dessus des gens, il renversa le contenu du sac sur leurs têtes.

Il s'ensuivit une grande confusion: dans les hurlements et la bousculade, chacun essaya de retrouver sa chaussure et, bien vite, une bagarre générale éclata. En peu de temps, des insultes on en vint aux coups et Till, qui avait terminé son exercice et s'était réfugié sur le clocher, savourait le spectacle:

"Allez-y, tapez-vous! C'est bien comme ça! Tapez le plus fort que vous pouvez; de toute façon, vous avez la tête dure!"

Plusieurs siècles se sont écoulés depuis, mais, de génération en génération, on se transmet le souvenir du tour sensationnel qu'un petit garçon joua à une ville entière!

163

LE RENARD, LE SERPENT ET LE PAYSAN

Il était une fois... un paysan qui, en rentrant chez lui, entendit une faible plainte: "Au secours! Au secours!"

Il regarda autour de lui, avança de quelques pas et comprit que la plainte venait de dessous une grosse pierre. Il s'approcha et vit un gros serpent prisonnier dans un trou, sous une lourde pierre, et qui n'arrivait pas, malgré ses efforts, à la déplacer et à se libérer. Le paysan, effrayé à la vue du serpent, était sur le point de s'enfuir, quand l'animal le supplia:

"Je t'en prie, aide-moi à sortir de ce trou!"

"T'aider?" répondit, soupçonneux, le paysan. "Jamais! Une fois libéré, tu serais capable de me mordre!"

"Comment peux-tu penser une chose pareille?" continua le serpent. "Je ne le ferais jamais! Au contraire, je t'en serais reconnaissant pour toujours! Délivre-moi, par pitié!"

Le paysan méfiant, allait de nouveau s'éloigner; mais le serpent l'implora si fort qu'il se laissa convaincre et déplaça le bloc de pierre. A peine libéré, le serpent rampa vers lui et essaya de le mordre. L'homme fit un bond en arrière et s'écria:

"Pourquoi veux-tu me mordre, puisque je t'ai sauvé? Tu m'avais promis que tu m'en serais reconnaissant."

Mais le serpent, le fixant de ses petits yeux froids, lui répondit:

"Pauvre idiot! Dans ce monde, la méchanceté est la seule récompense que reçoit celui qui fait une bonne action!"

Le paysan, en colère, protesta:

"Ce n'est pas vrai! Si quelqu'un me fait du bien, je lui en suis reconnaissant et, dès que possible, je le lui rends!"

Le serpent secoua la tête:

"Je ne suis pas d'accord et je vais te prouver que tu te trompes en t'offrant une dernière chance. Allons au village et si, en chemin, nous rencontrons quelqu'un qui a les mêmes idées que toi, je ne te mordrai pas!" Le paysan accepta la proposition du serpent, et c'est ainsi qu'ils s'en allèrent ensemble.

Peu de temps après, ils rencontrèrent un vieux cheval boiteux et mal en point, qui avait de la peine à marcher. Le paysan lui demanda aussitôt:

"Ecoute-moi, l'ami, selon toi, comment une bonne action est-elle récompensée?"

Le cheval n'hésita pas:

"Toujours par une mauvaise action! Moi, par exemple, j'ai servi fidèlement mon maître pendant des années, mais maintenant que je suis vieux, il m'a abandonné sur une route, sans nourriture ni abri!"

Le serpent commença à onduler de satisfaction:

"Tu as entendu?" dit-il en se tournant vers le paysan. "Tu vois que j'ai raison! Maintenant, je peux te mordre sans remords!"

Mais le paysan ne s'avoua pas vaincu:
"Attends! Ecoutons l'avis de quelqu'un
d'autre! Comment pouvons-nous tenir
compte de celui d'un cheval aussi vieux?"
Le serpent et le paysan se remirent
en route.
Ils venaient d'entrer dans le bois
lorsqu'ils rencontrèrent une jeune brebis
qui répondit ainsi à la question du paysan:
"Une bonne action est toujours
récompensée par une méchanceté.
Regarde-moi! Je suis toujours mon
maître sans me plaindre, je lui obéis, je
lui donne même mon lait; et lui, en
échange, me fait souffrir du froid en me
tondant en hiver, et me fait mourir de
chaud, en été, en me laissant ma laine."

Le serpent, satisfait, s'approcha à nouveau:

"Maintenant, je vais te mordre!"

"Non, attends!" répondit l'homme. "Comment pouvons-nous nous fier à l'avis d'une brebis aussi jeune. Essayons encore une fois: si nous trouvons une autre personne qui me donne tort, je me laisserai mordre sans protester!"

Un peu plus loin, à demi-caché dans les buissons, se trouvait un gros renard. Le serpent ne le vit pas, mais le paysan le remarqua tout de suite.

Il s'éloigna sous un prétexte quelconque et s'approcha du renard à qui il expliqua dans quelle fâcheuse situation il s'était mis à cause de son bon coeur:

"Il faut que tu m'aides à tromper le serpent. Dis-lui qu'une bonne action est toujours récompensée par une bonne action! Si tu acceptes, je t'offrirai deux grosses oies!"

Le renard, à qui la promesse de la récompense avait fait venir l'eau à la bouche, accepta tout heureux.

"Cours devant, maintenant, et arrange-toi pour qu'il te trouve au bord de la route! Il faut qu'il ait l'impression de te rencontrer par hasard!" dit alors le paysan. Le serpent l'attendait avec impatience et, quand l'homme revint, ils se remirent en chemin; soudain, ils virent le renard venir à leur rencontre.

"Un renard?" s'exclama le paysan. "J'accepterai sans autre l'avis d'un animal aussi intelligent!"

Quand le paysan lui eut répété la question, le renard, respectant leur accord, répondit: "Tu as raison! Les bonnes actions sont toujours récompensées!"

Mais il ajouta: "Pourquoi me poses-tu cette question?"

Le paysan lui expliqua: "Le serpent que voici était enfermé dans un trou, prisonnier sous une grosse pierre. Je l'ai aidé à s'en sortir et, pour toute récompense, il veut me mordre!"

Le renard regarda le serpent et dit: "Hum! Selon moi, un serpent arrive

toujours à ramper sous une pierre!"
"Mais c'était une lourde pierre" protesta le serpent, "et elle bouchait l'entrée de ma tanière!"
"Je n'y crois pas!" dit le renard, "allons voir sur place!"
C'est ainsi que le paysan, le serpent et le renard retournèrent sur leurs pas et s'arrêtèrent à l'endroit où le serpent avait été délivré. Le serpent dit en indiquant la pierre:

"Tu vois, c'était juste ici!" et il lui montra la sortie de sa tanière.
Le renard secoua encore la tête:
"C'est un mensonge! Un serpent aussi gros que toi ne peut pas entrer dans un trou aussi petit!"
Le serpent, vexé, répliqua:
"Ah, non? Eh bien, regarde!" et, d'un mouvement brusque, il entra dans la tanière. Alors, le renard cria au paysan:
"Vite! Fais rouler la pierre et enferme-le de nouveau dedans!"
De sorte que le serpent se retrouva encore une fois emprisonné dans sa tanière. Le paysan s'épongea le front, puis remercia le renard:
"Tu es vraiment rusé! Tu m'as libéré de ce maudit serpent! Aujourd'hui, tu as vraiment accompli une bonne action!"
"Je suis très content, moi aussi" répondit le renard, "parce que j'ai gagné deux belles oies!"
"Bien sûr" fit le paysan, "viens chez moi ce soir et tu recevras ce qui te revient!"
C'est ainsi que, ce soir-là, le renard alla trouver le paysan à sa ferme.

Mais, quand il fut près de la maison, il entendit un grondement menaçant et, peu après, l'homme sortit, un fusil à la main. Il cria à deux gros chiens:
"Vite, attrapez-le! Je me ferai ainsi un beau col de fourrure!"
Le renard, courant plus vite que jamais, se dit: "Il avait vraiment raison, le serpent! Les bonnes actions sont toujours récompensées par de mauvaises actions!"

L'EPEE
DE WATANABI

Il était une fois... dans l'ancienne ville japonaise de Kyoto, une horrible sorcière qui faisait peur à tous les habitants. La sorcière s'était emparée de la tour qui dominait la porte de la ville.

Elle l'ouvrait ou la fermait selon son bon plaisir: elle pouvait, si elle le voulait, la fermer à l'arrivée des caravanes qui apportaient vivres et marchandises, ou l'ouvrir tout grande aux tribus sauvages du nord qui venaient piller la ville.
Beaucoup de vaillants samouraïs, les guerriers les plus forts et les plus habiles qui soient, l'avaient affrontée en vain.

Dès que la sorcière voyait un adversaire s'approcher de la tour, elle sortait, furieuse, et le tuait d'un coup de son épée d'où jaillissaient des langues de feu. Non, il n'y avait pas d'espoir pour la ville de Kyoto, et beaucoup de gens pensaient à la quitter.

Désespérés, ils disaient:

"Nos samouraïs sont tous morts! Si seulement Watanabi était encore en vie! C'était le plus courageux! Malheureusement, il ne nous reste que son épée et personne n'est capable de s'en servir!"

Il ne restait cependant pas seulement l'épée du courageux Watanabi: il y avait aussi son fils, un enfant vif et courageux.

Le garçon, qui avait entendu les conversations des gens, se dit:

"Mon père n'est plus, il est mort au combat, mais il me reste encore son épée. Je vais la prendre et affronter la sorcière. Que je gagne ou que je meure, j'aurai été digne de la mémoire de mon père!"

Sans rien dire à personne, il prit l'épée et se dirigea vers la tour.

Quand la sorcière le vit s'approcher, elle ricana:

"Ils envoient même les enfants, maintenant!"

Elle n'aurait pas besoin d'utiliser son épée de feu contre cet enfant, son seul regard suffisant à le réduire en poussière.

Elle ne s'occupa donc pas du fils de Watanabi qui escalada, sur la pointe des pieds, l'escalier de la tour et entra dans sa chambre. Quand la sorcière entendit la porte s'ouvrir, elle se retourna et regarda le garçon de ses yeux de feu. Mais un rayon de soleil, réfléchi par l'acier de l'épée, aveugla, pendant un instant, la sorcière qui ferma à demi les yeux. A ce moment-là, le petit garçon, ayant rassemblé toutes ses forces, lui porta un coup, un seul, et la tua.

En souvenir de son père et en l'honneur de son épée, le jeune garçon avait délivré sa ville.

LES SEPT SAMOURAIS

Il était une fois... dans le lointain Japon, une bande de féroces brigands. Leur repaire se trouvait sur une montagne presque toujours entourée de nuages sombres, battue par les vents et les tempêtes.

Les brigands vivaient dans une grande caverne où ils entassaient le butin de leurs expéditions. De temps en temps, ils descendaient de la montagne et attaquaient un village. Ils tuaient les pauvres gens qu'ils rencontraient, volaient autant qu'ils pouvaient et incendiaient tout avant de s'en aller.

Après leur passage, il ne restait que ruines fumantes, désespoir, misère et désolation.

Aux premières lueurs de l'aube, les brigands se retiraient dans leur repaire inaccessible.

Très inquiet, l'empereur avait envoyé ses soldats attaquer la montagne, mais les bandits avaient toujours réussi à les repousser.

Il s'adressa alors à un des derniers samouraïs qui restaient, le vieux Raïko, et lui dit:

"Raïko, tu m'as servi pendant des années, aide-moi une dernière fois. Va sur la montagne à la tête d'une armée et extermine ces brigands!"

Raïko soupira:

"Majesté, si j'étais encore jeune, je partirais tout seul, mais, maintenant, je suis vieux, trop vieux pour conduire une armée! C'est pourquoi j'irai là-haut", continua-t-il, "avec six samouraïs comme moi."

"Mais, s'ils sont tous aussi vieux que toi, comment pourront-ils t'aider?" dit le roi. Raïko le rassura: "Ayez confiance en nous!"

Quelques jours plus tard, les sept samouraïs se mirent en route, déguisés en pèlerins, vêtus d'humbles manteaux. Ils commencèrent à monter lentement sur la montagne. C'était une montée difficile. Il n'y avait pas de sentiers tracés, pas d'arbres ni d'arbustes, rien que des rochers pointus, droits et coupants.

Alors que les sept samouraïs poursuivaient lentement leur marche, là-haut, sur la montagne, les sentinelles des brigands les avaient déjà aperçus. Un brouillard épais rendait encore plus difficile l'ascension des faux pèlerins.

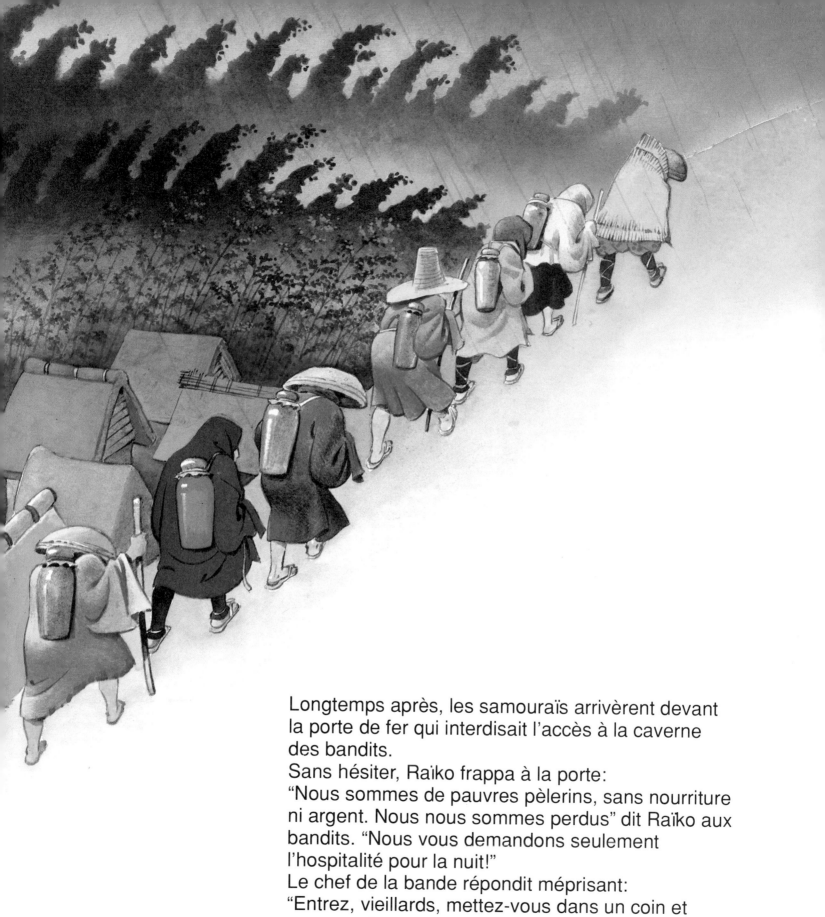

Longtemps après, les samouraïs arrivèrent devant
la porte de fer qui interdisait l'accès à la caverne
des bandits.
Sans hésiter, Raïko frappa à la porte:
"Nous sommes de pauvres pèlerins, sans nourriture
ni argent. Nous nous sommes perdus" dit Raïko aux
bandits. "Nous vous demandons seulement
l'hospitalité pour la nuit!"
Le chef de la bande répondit méprisant:
"Entrez, vieillards, mettez-vous dans un coin et
essayez de ne pas nous déranger!"
Plus tard, après un copieux banquet, les brigands
jetèrent leurs restes aux sept faux pèlerins.

Après avoir mangé, Raïko se leva, une outre de peau dans les mains, et dit: "Nous sommes très pauvres et la seule façon, pour nous, de vous remercier est de vous offrir une gorgée de cette liqueur de riz. Buvez-la à notre santé!"

Le chef des brigands éclata de rire:

"Si elle n'est pas bonne, je vous couperai la tête!"

Il prit l'outre dans ses mains et en but une grande gorgée. L'outre passa de main en main jusqu'à ce que tous les brigands eussent bu. Quelques instants plus tard, ils comprirent qu'ils avaient été dupés. Ils avaient l'estomac et la gorge en feu.

Ils essayèrent de dégainer leur épée, mais il était trop tard!

Le poison, que Raïko avait mélangé au saké, accomplit très vite son oeuvre: tous les brigands moururent.

Et c'est ainsi que sept vieux samouraïs réussirent, par la ruse, à rendre un dernier service à leur empereur.

LE ROI DU LAC

Il était une fois... un guerrier fort et courageux qui s'appelait Hito;
il n'avait peur de rien ni de personne, mais, au cours de toutes les
guerres qu'il avait faites, il s'était toujours trouvé dans le camp des
perdants. Les gens commencèrent à insinuer que c'était lui qui portait
malheur.

Personne ne voulut plus l'enrôler et, au bout de quelque temps, le
samouraï n'eut plus d'autre ressource que de quitter son pays.

Ayant mis quelques provisions dans un sac et rempli une petite outre de
vin, il s'éloigna, armé de sa fidèle épée, de son arc et de trois flèches.

Après quelques jours de marche, il arriva au bord d'un lac.

Un pont étroit traversait le torrent impétueux qui l'alimentait.

Hito s'arrêta stupéfait: un énorme serpent, qui semblait endormi,
occupait toute la largeur du pont. De sa bouche entrouverte sortaient de
la fumée et quelques langues de feu. Le guerrier n'eut pas peur:

"Ce n'est certes pas cette bête qui va m'arrêter!" se dit-il.

Sur la pointe des pieds, pour ne pas l'éveiller, il enjamba
courageusement le serpent. Mais, il n'avait fait que quelques pas, quand
il entendit une voix derrière lui:

"Attends, samouraï! Je voudrais te parler!"

Hito se retourna, mais le serpent n'était plus là: à sa place, il vit un homme imposant, vêtu de riches habits.

"Tu es courageux!" dit celui-ci. "Tu n'as pas eu peur du serpent. Tu vois, je cherche un samouraï de grande valeur et je prends la forme d'un serpent pour le mettre à l'épreuve. Jusqu'à maintenant, tous se sont enfuis. Toi seul as eu l'audace de l'enjamber!"

"Mais toi, qui es-tu?" lui demanda Hito.

"Je suis un roi, et mon royaume commence au-delà de ce pont! Mais depuis quelque temps, un dragon énorme sort de ce lac, dévore tous les gens qu'il rencontre sur sa route et ne replonge que lorsqu'il est rassasié! Mes sujets partent toujours plus loin, abandonnant ces eaux poissonneuses, où tout le monde pêchait, heureux!"

Hito sourit: "Je crois comprendre ce que tu attends de moi!"

"C'est vrai!" répondit le roi. "J'ai besoin d'un samouraï capable d'affronter ce dragon et de le tuer! Si tu réussis à le faire, tu pourras me demander tout ce que tu voudras!"

Le samouraï secoua la tête: "Ce n'est pas le courage qui me manque, mais il paraît que je porte malheur à tous ceux pour lesquels je combats; je ne voudrais pas te condamner au même sort!"

Le roi lui mit la main sur l'épaule:

"Viens au palais avec moi. L'effroi et la désolation que tu trouveras sur ton chemin te convaincront que tu es notre dernier espoir!"

Le roi conduisit donc Hito au palais royal; mais, juste à ce moment, des cris de frayeur toujours plus forts montèrent des rues voisines.

Le roi lui-même pâlit: "Voilà, il arrive!"

Le samouraï but calmement sa tasse de saké, puis il alla à la rencontre du dragon qui approchait, fou de rage.

Sa première flèche toucha avec précision la gorge du monstre, mais elle ne fit qu'accroître sa fureur. La seconde n'eut pour tout effet que de lui faire cracher du feu avec encore plus de rage. Encore quelques pas et les énormes griffes auraient tué le samouraï.

"Il ne me reste plus qu'une flèche..." se dit Hito. "Si je rate aussi celle-ci..."

Mais, tout à coup, il se rappela l'époque où, enfant, il écoutait son grand-père raconter ses fabuleux exploits de guerrier: "... peu de gens savent que la salive de l'homme est un poison mortel pour les dragons!"

Vite, il mit la pointe de sa dernière flèche dans sa bouche; puis, il banda son arc et toucha encore une fois le dragon à la poitrine.

Mais le monstre ne s'arrêta pas: le samouraï eut juste le temps de faire

un bond de côté pour éviter l'attaque de son féroce adversaire.
Il n'avait désormais plus aucun espoir de s'en sortir lorsque, soudain, le dragon tomba à terre.
Le cauchemar était fini: incrédules, les habitants s'approchèrent.

Le roi arriva, lui aussi, exultant de joie.
Mais le plus abasourdi de tous fut, sans doute, Hito lui-même, lui qui avait vaincu non seulement le monstre, mais aussi sa malchance.

LA LEGENDE
DU DRAGON ROUGE

Une vieille légende raconte qu'autrefois
vivait sur la terre, parmi d'autres
animaux, un grand dragon rouge.
Ce dragon avait un caractère doux et il
n'avait qu'un seul défaut: il était très
curieux. Tous les soirs, avant de s'endormir,
couché au bord de la rivière où il vivait, il
observait longuement la lune et se
demandait quels animaux y habitaient.
Il avait tellement envie de l'explorer qu'un jour, il
décida de partir. Quand il annonça la nouvelle aux
autres animaux, tous se pressèrent autour de lui pour pouvoir monter
sur son dos et partir avec lui.
"Il faut que tu me prennes avec toi" lui dit le crocodile.
"Après tout, nous sommes de lointains parents. Nous avons tous les
deux une longue queue et nous sommes couverts d'écailles; nous
appartenons donc à la même famille!"
"Je t'en prie, laisse-moi venir avec toi!" lui dit la girafe. "Quand nous
arriverons sur la lune, je te servirai d'éclaireur. Avec mon long cou, je
pourrai voir les ennemis de loin et je te préviendrai des dangers..."
"Si tu m'emmènes, tu ne le regretteras pas!" lui dit le rhinocéros.
"Ma longue corne et ma force pourront t'être très utiles si tu rencontres
des ennemis sur la lune. Sache bien que personne ne me résiste quand
je charge!" continua-t-il menaçant. Le dragon, convaincu par ces
arguments, accepta.
L'éléphant s'éclaircit la voix, lui aussi, et s'adressa solennellement au
dragon: "Cher ami, comme tu le sais, les éléphants vivent plus de cent
ans! Voilà pourquoi ils deviennent si sages. Je vais donc t'accompagner
dans ce long et difficile voyage pour t'aider de mes précieux conseils."
Le dragon n'osa pas refuser et lui fit de la place à lui aussi.
L'hippopotame aussi monta: le dragon lui avait réservé une place parce
qu'il était son meilleur ami et qu'ils vivaient au bord de la même rivière.

Au milieu des animaux, rassemblés autour du dragon pour le départ, la hyène s'avança.

"Pardon! Laissez-moi passer!" criait-elle de sa voix stridente.

"Et toi, pourquoi crois-tu que je t'emmènerai?" demanda le dragon.

"Parce que je suis la hyène qui rit et que je vous divertirai en vous racontant des histoires amusantes!"

Le dragon lui trouva une place à elle aussi, puis il prit son vol.

Battant des ailes, il se dirigea vers la lune. Mais, comme vous pouvez vous l'imaginer, il n'alla pas loin. Les animaux sur son dos lui semblaient toujours plus lourds et, bien qu'il volât depuis des heures, il ne se rapprochait pas de la lune. Quand il se rendit compte que ses ailes ne le portaient plus, il dut renoncer. Doucement, en planant, les ailes tendues, il redescendit sur terre pour débarquer ses passagers. Puis, tout penaud, il retourna à la rivière.

Et là, il vit la lune qui se reflétait dans l'eau...

"Puisque je n'ai pas réussi à atteindre la lune qui brille dans le ciel," dit-il, "je rejoindrai celle qui se trouve au fond de la rivière!" Et il ne reparut plus jamais à la surface.

Voilà pourquoi, conclut la légende, il n'y a plus, aujourd'hui, de dragon rouge sur la terre.

VARDIELLO

Il était une fois... une pauvre veuve qui s'appelait Grannoia. Elle avait un fils nommé Vardiello. Bien que la mère trouvât son fils tout à fait normal, tout le monde pensait qu'il était un peu sot.
Et même le plus sot du village!
Vardiello continuait à faire des bêtises de tout genre, mais la pauvre femme, qui l'aimait beaucoup, lui pardonnait à chaque fois. Un jour, la mère de Vardiello dut s'absenter pour aller trouver une parente malade. Avant de partir, elle recommanda encore une fois à son fils de ne pas faire de sottises:
"Je serai loin jusqu'à ce soir; s'il te plaît, fais attention à ce que la poule ne bouge pas, elle couve. Laisse la maison en ordre et ne touche pas au pot rouge qui est dans l'armoire: il est rempli de poison!"
"Ne t'inquiète pas, maman!" répondit le garçon. Dès que la brave femme fut partie, il descendit dans la cour pour monter la garde auprès de la poule. Au moment où il arriva, la poule, fatiguée de couver, faisait deux pas dans la basse-cour. Vardiello prit un bâton et se mit à crier:
"Retourne immédiatement sur tes oeufs, sale bête!"

La poule répondit à ces hurlements par un tranquille: "Cot, cot, cot," mais Vardiello renouvela ses menaces en levant son bâton: "Retourne couver tout de suite!" La poule, effrayée, battit des ailes et répéta: "Cot, cot, cot! Cot, cot, cot!"

"Ah! Tu ne veux pas comprendre, alors!" dit Vardiello en colère; et il donna un grand coup de bâton sur la tête de la pauvre bête qui tomba raide morte. Vardiello commença à s'inquiéter et, ayant ôté son chapeau, il s'assit pour réfléchir:

"Et maintenant, qui est-ce qui va couver les oeufs?"

Tout à coup, il lui vint une idée:

"... Je vais aller m'asseoir moi-même sur les oeufs: de toute façon, ils ne se rendront pas compte que je ne suis pas une poule!"

Aussitôt dit, aussitôt fait! Naturellement, il était à peine assis sur les oeufs que ceux-ci se cassèrent et le pauvre garçon se releva, le fond de son pantalon tout sale.

"Quel désastre! Maintenant, maman va me gronder!"

Pour l'amadouer, il eut l'idée de lui faire une agréable surprise. Il pluma la poule, alluma le feu et la fit rôtir à la broche.

"Comme cela, elle trouvera le repas tout prêt à son retour!"

Mais il lui vint encore une autre idée:

"... Et je vais aussi lui préparer une carafe de vin: elle sera toute contente!"

Il descendit à la cave avec une carafe, afin de tirer du vin du tonneau.

Alors qu'il venait d'ouvrir le robinet, il entendit un grand remue-ménage dans la cuisine. Il remonta l'escalier au pas de course, en oubliant de fermer le robinet...

Vardiello arriva juste à temps à la cuisine pour voir le chat faire tomber la broche et planter ses dents dans la poule:

"Sale bête! Lâche tout de suite ma poule!"

Le chat, effrayé, sauta sur le buffet; mais, quand le garçon, armé du rouleau à pâte, essaya de le frapper, le chat s'échappa, renversant, au passage, verres et assiettes; puis il trouva une fenêtre ouverte et put s'enfuir dans le jardin. Vardiello était content: autour de lui, après tout ce boucan, il y avait beaucoup de vaisselle cassée, certes, mais la poule, désormais rôtie à point, était de nouveau à lui.

Il la posa sur la table et c'est seulement à ce moment-là qu'il se souvint du vin. Il courut à la cave... et s'aperçut qu'elle avait été complètement inondée par le vin du tonneau. Une forte odeur d'alcool remplissait toute la pièce. Vardiello courut immédiatement fermer le robinet, mais le tonneau était vide.

"Quel désastre! Qu'est-ce que je fais, maintenant? Il faut que j'essuie tout avant que maman ne revienne!"

L'enfant s'assit sur un tabouret, les pieds plongés dans le vin.
La tête entre les mains, il cherchait une solution, lorsque:
"J'ai trouvé!" s'exclama-t-il tout à coup.
Il monta en courant dans la cuisine pour aller chercher la clef du grenier.
Le tiroir, où on la gardait, ne s'ouvrait pas, mais Vardiello, d'un grand
coup de marteau, réussit à l'enfoncer.
Au grenier, il prit un gros sac de farine qu'il chargea sur ses épaules, le
porta à grand-peine dans la cave où il se mit à répandre de la farine
partout: "De cette façon, le vin séchera et maman ne se rendra compte
de rien!" La farine, mélangée au vin, se transforma très vite en une pâte
molle et rougeâtre sur laquelle Vardiello glissa plusieurs fois. Sale,
humilié, comprenant que chacune de ses idées n'avait fait qu'aggraver
ses sottises, le garçon se mit à pleurer:
"Maintenant, maman va vraiment voir que les oeufs sont cassés, que la
poule est morte, que le chat s'est enfui, qu'il n'y a plus de vin et que la
farine..." Tout en parlant, il comptait ses sottises sur ses doigts: mais il
en perdit très vite le compte. Il prit alors une décision dramatique:

"Je vais prendre le poison du pot rouge qui est dans l'armoire et, ainsi, je mourrai!"

En réalité, le bocal de verre contenait une confiture très douce et Vardiello, dégustant le... "poison", oublia ses problèmes.

Il y prit même tellement goût qu'il finit tout le contenu du pot. Puis, le ventre plein, il alla s'étendre dans le four en attendant la mort.

Petit à petit, il sentit venir un léger mal de ventre.

"Je vais mourir! Maman ne me retrouvera plus vivant."

A ce moment-là, sa maman rentra.

"Quel désastre!" se mit-elle à crier en voyant le désordre qui régnait dans la maison. "Vardiello, où es-tu?"

"Ici!" dit la petite voix. "J'ai mangé tout le poison!"

Grannoia saisit son fils par les pieds et le tira hors du four. Elle commença par lui donner une gifle, puis elle le fit asseoir:

"Ce n'était pas du poison, idiot! C'était de la confiture et je ne voulais pas que tu en manges!"

Puis, regardant autour d'elle, elle se prit la tête entre les mains:

"Il me faudra des jours et des jours pour réparer les dégâts que tu as faits! Je n'aurai même pas le temps d'apporter au marché ce rouleau de toile que j'ai à vendre! Tant pis pour toi! Tu iras à ma place, même si le marché est très loin d'ici!"

C'est ainsi que, comme punition, Vardiello partit avec le rouleau de toile

sous le bras... Arrivé au marché, il se mit à crier:

"Qui veut acheter cette magnifique toile?"
Mais, comme personne ne l'écoutait, il s'en alla peu de temps après.

Ayant quitté la place du marché, il se retrouva devant une vieille statue qu'il prit pour un grand monsieur et lui demanda:

"Voulez-vous m'acheter cette très belle toile? Je peux vous la laisser à un bon prix! Vous ne répondez pas? Alors, si vous vous taisez, c'est que vous êtes d'accord! Gardez-la!"
Et, ayant laissé la toile devant la statue, il rentra chez lui.

"Maman, maman, j'ai vendu la toile à un grand monsieur!" cria Vardiello. Mais sa mère lui demanda immédiatement:

"Combien t'a-t-il payé?"

"Pauvre de moi! J'ai oublié de me faire remettre l'argent! Je retourne tout de suite là-bas, ne t'inquiète pas!"

Quand il arriva, hors d'haleine, devant la statue, la toile avait disparu: quelqu'un l'avait emportée. Vardiello dit alors à la statue:

"Elle t'a plu, ma toile? Je vois que tu l'as déjà emportée chez toi. Très bien! Maintenant, donne-moi l'argent!"

La statue ne répondit évidemment pas et le garçon, furieux de ce silence, perdit patience et se mit à taper sur le monument avec un bâton le réduisant en mille morceaux. Mais, au milieu des débris, apparut un vieux chaudron de cuivre, plein de monnaies d'or! Vardiello, satisfait, prit les pièces et rentra chez lui.

Sa maman, stupéfaite de voir ce petit trésor, lui demanda en balbutiant:

"Mais... mais... qui... qui... t'a donné... tout cet argent?"

"Un grand monsieur qui ne bougeait jamais et

ne parlait jamais! Et sais-tu où il gardait ses sous?"

Interdite et de plus en plus embarrassée, sa mère secoua la tête.

"Dans son ventre!" continua Vardiello en exultant.

A ce moment-là, Grannoia perdit patience:

"Tu as tué notre poule, tu as cassé les oeufs, tu as inondé la cave de vin, tu as gaspillé un sac de farine, tu as cassé des assiettes et des verres, tu as mangé toute la confiture, mais si, maintenant, tu penses pouvoir te moquer de moi, tu te trompes! Va-t'en!"

Et, avec son balai, elle le chassa dehors en hurlant:

"Je ne veux plus te voir!" Puis, toujours furieuse, elle monta à l'étage supérieur pour faire le ménage. Au moment de secouer le linge à la fenêtre, elle vit son garçon assis sur le seuil de la porte.

"Ah, malheureux! Tu es encore là?" Au comble de la rage, elle prit la première chose qui lui tomba sous la main et renversa un gros panier de figues et de raisins secs sur la tête de son fils.

Vardiello cria alors d'en-bas:

"Maman, maman, dépêche-toi! Apporte un sac! Il pleut des figues et des raisins secs!"

Mais la paix revint bien vite à la maison, car Grannoia était très contente de toutes les monnaies d'or que Vardiello lui avait rapportées.

Malheureusement, le garçon se mit à parler du trésor à tout le monde.

Quand les juges vinrent à connaître la nouvelle, ils voulurent en savoir davantage. Ils convoquèrent Vardiello au tribunal et lui demandèrent:
"Où as-tu trouvé les monnaies d'or que tu dis avoir rapportées chez toi?"
"J'ai vendu un rouleau de toile à un monsieur toujours silencieux et immobile" répondit Vardiello sans s'émouvoir.
Les juges le regardèrent, étonnés, et le président demanda:
"Quand as-tu fait cette affaire extraordinaire?"
Le garçon répondit aussitôt:
"Je m'en souviens très bien! C'était le jour où il a plu des figues et des raisins secs! Vous n'en avez pas ramassés, vous?"
Les juges se regardèrent, perplexes, jusqu'à ce que le président se touchât la tête du doigt; puis, chuchotant entre eux, ils dirent:
"Ce garçon est vraiment sot!"
C'est ainsi que Vardiello put s'en aller sans problèmes. Grannoia l'embrassa toute heureuse. Elle se disait: "Tout le monde dit que Vardiello est un peu simplet, mais je n'en crois rien! Comment aurait-il pu vendre un rouleau de toile pour tant de monnaies d'or, s'il n'était pas, au contraire, très rusé?"

LA BELLE AU BOIS DORMANT

Il était une fois... une reine qui mit au monde une petite fille très jolie. Au baptême, elle invita toutes les fées du royaume, mais elle oublia d'en inviter une, malheureusement la plus méchante de toutes.
La méchante fée se présenta quand même au château, mais, lorsqu'elle passa devant le berceau de la petite fille, elle dit, irritée:
"A seize ans, tu te piqueras le doigt avec un fuseau et tu en mourras!"
Une bonne fée, qui se trouvait près d'elle, entendit la prédiction.
Elle récita tout de suite une formule pour atténuer le terrible maléfice: en se piquant, la jeune fille, au lieu de mourir, s'endormirait pour cent ans, et seul le baiser d'un jeune prince la réveillerait de ce sommeil profond.
Les années passèrent et la petite princesse devint la plus belle enfant du royaume. Le roi avait donné l'ordre de brûler tous les fuseaux du château, afin que la princesse ne risquât point de se piquer.

Mais, le jour de ses seize ans, la jeune fille arriva, par hasard, dans une aile du château, que tout le monde croyait inhabitée, où une vieille servante filait, ne sachant rien de l'interdiction du roi. Curieuse, la princesse demanda à la vieille femme de lui laisser essayer le rouet.

"Ce n'est pas facile de filer la laine" répondit la vieille femme.

"Mais si tu as de la patience, je t'apprendrai volontiers."

La malédiction de la méchante fée allait se réaliser: la princesse se piqua un doigt avec la pointe du fuseau et tomba aussitôt à terre, comme morte. On appela en consultation médecins et mages, mais personne ne put vaincre le maléfice et la réveiller.

Dès que la bonne fée fut au courant de ce qui s'était passé, elle courut à la cour pour consoler la reine, son amie.

Elle la trouva en pleurs, près du lit couvert de fleurs sur lequel la princesse était étendue.

"Elle ne mourra pas! Tu peux en être sûre!" lui dit-elle. "Seulement voilà, cent années devront passer avant qu'elle ne se réveille!"

La reine, en larmes, s'exclama:

"Oh! Si seulement je pouvais m'endormir, moi aussi, pendant cent ans et être là, à son réveil, prête à la consoler!"

La bonne fée se dit alors:
"Si, par enchantement, tout le monde s'endormait, la princesse, à son réveil, retrouverait autour d'elle toutes les personnes qui lui sont chères."
La baguette d'or de la fée se leva pour dessiner dans l'air une spirale magique et tous les habitants du château s'endormirent.

"Dormez sereinement!" s'exclama-t-elle en donnant un dernier regard au château plongé dans le silence. "Je viendrai vous trouver dans cent ans, à votre réveil!"
Dans le château sans vie tout était silencieux, tout était immobile.
Les pendules et les horloges continuèrent à faire tic-tac jusqu'au moment où elles se déchargèrent, elles aussi. Alors, le temps sembla vraiment s'être arrêté.

Autour du château, plongé dans le sommeil, se mit à pousser, comme par enchantement, un étrange et épais bois de plantes grimpantes qui entourèrent le tout d'une barrière impénétrable. Les années passant, le château, toujours plus caché, tomba dans l'oubli.

Mais, à la fin du siècle, un prince, qui avait poursuivi un sanglier, arriva dans les environs. La bête, blessée, se réfugia dans les épais buissons qui entouraient le château. Le prince descendit de cheval et essaya avec son épée de se frayer un passage dans la forêt.

Il avançait lentement, car l'enchevêtrement des buissons était dense, et il allait revenir en arrière, découragé, quand, ayant déplacé une branche, il vit...

Il avança encore et arriva au château. Le pont-levis était baissé.
Tenant son cheval par les rênes, il entra et, quand il vit tous les
habitants étendus sur les escaliers, sur les balcons, dans les cours, il se
dit plein d'horreur: "Ils sont tous morts!"
Mais il fut bientôt rassuré en constatant qu'ils n'étaient qu'endormis.
"Réveillez-vous!" cria-t-il, mais personne ne se réveilla.
Toujours plus étonné, il pénétra dans le château et parvint à la salle où
dormait la princesse.
Il observa longuement son visage serein, paisible et si beau; il sentit
ainsi naître dans son coeur l'amour qu'il avait toujours espéré en vain.
Bouleversé, il s'approcha, prit la main de la jeune fille et la baisa
délicatement...

A cc baiser, la jeune fille tressaillit et ouvrit les yeux, s'éveillant de son très long sommeil.

Apercevant le prince, elle murmura:

"Vous voici enfin! Dans mon sommeil, je vous ai attendu si longtemps!"

A ce moment, l'enchantement disparut. La princesse se leva, tendit sa main au prince, et avec elle ce fut tout le château qui se réveilla. Tous se levèrent, regardant stupéfaits autour d'eux, se demandant ce qui avait bien pu se passer.

Quand ils eurent compris, ils accoururent, pleins de joie, vers la princesse, plus belle et plus heureuse que jamais.

Quelques jours plus tard, le château, jusqu'alors plongé dans le silence, retentit de chants, de musique et de rires joyeux pour la fête qui fut donnée à l'occasion du mariage.

 l y avait une fois....

...dans le lointain Orient, un marin nommé Sindbad.
Personne ne parvint à échapper aussi souvent que lui à une
mort certaine, durant d'extraordinaires aventures.

LES SEPT VOYAGES DE SINDBAD LE MARIN

Il était une fois... à Bagdad, il y a très longtemps, un porteur appelé Sindbad. Un jour, en passant devant l'entrée d'un grand palais, il vit un banc et eut envie de s'y reposer. Il déposa son fardeau et alla s'asseoir; mais, pris de curiosité, il traversa le hall et entra dans le jardin: il eut l'impression d'être au paradis. Partout des plates-bandes fleuries, des fontaines jaillissantes, des palmiers ombragés entre lesquels se promenait une foule d'élégants messieurs servis par des domestiques qui leur offraient des pâtisseries et des boissons.

Sindbad se surprit à dire: «Mais regarde-moi ça! Moi, je fais un travail fatigant, j'ai toujours faim, ma vie est pénible tandis qu'il y a des hommes heureux qui ne portent aucun fardeau et se délectent de boissons et de nourriture; et pourtant, nous sommes tous fils d'Allah. Quelle grande différence entre moi et ceux qui vivent ici!»

A peine avait-il fini de se plaindre, qu'un domestique s'approcha et lui dit:

«Viens! Mon maître veut te parler».

Sindbad, un peu effrayé, le suivit jusqu'à la salle où se trouvait le maître de maison, assis parmi ses amis.

«Sois le bienvenu!» lui dit celui-ci, «comment t'appelles-tu?»

«Sindbad le porteur».

«Moi aussi, je m'appelle Sindbad: Sindbad le marin. J'ai entendu tes lamentations et je voudrais te dire que je me suis enrichi avec peine et en prenant d'énormes risques, au cours de sept voyages merveilleux et terribles. Ma vie n'a jamais été facile... Assieds-toi! Je vais te raconter mon histoire...»

«Mon père» commença Sindbad le marin, «était marchand. Quand il mourut, il me laissa une immense fortune.

J'étais jeune et sot. Je me mis à dépenser sans compter, jusqu'au jour où je me rendis compte que l'argent s'était envolé. Je ne me suis pas découragé. J'ai décidé que je serais marchand comme mon père et, avec le produit de la vente des meubles et des tapis que j'avais chez moi, je fis l'acquisition d'un stock de marchandises et partis. Je

m'embarquai à Basrah avec d'autres marchands et commençai mon activité, de port en port. Un jour, le capitaine jeta l'ancre près d'une île merveilleuse et nous descendîmes à terre. Nous avions allumé des feux pour cuisiner à la broche, quand le capitaine se mit à crier: "Sauvez-vous! Ce n'est pas une île! Nous sommes sur un énorme poisson qui a reposé au milieu de la mer depuis si longtemps que des arbres ont poussé sur son dos! Les feux que vous avez allumés sont en train de le réveiller et, sous peu, il plongera au fond des abysses! Courez au navire, abandonnez tout!"

La plupart réussit à monter sur le navire. Moi, j'étais trop loin et je tombai à la mer. Heureusement, je trouvai un baril vide qui flottait. Avec celui-ci, poussé par le vent et les courants, je parvins à une île. Sur le rivage, je vis une jument attachée à un pieu.

Un homme apparut et me demanda:

"Qui es-tu? D'où viens-tu?"

"Je suis naufragé" répondis-je.

Alors, l'homme proposa:

"Viens avec moi!" et il me conduisit à sa caverne où il m'offrit de la nourriture. Je lui racontai mon aventure qu'il écouta avec beaucoup d'étonnement. Mais moi aussi, curieux, je lui demandai pourquoi il gardait sa jument liée au bord de la mer.

"Je suis l'un des palefreniers du roi Mihradjan" répondit-il. "A la nouvelle lune, nous attachons les juments au bord de la mer, afin que les étalons marins puissent mieux les monter. En temps voulu, les juments mettent bas des poulains, d'une beauté unique au monde. Maintenant, c'est la période de la nouvelle lune et les étalons marins vont arriver. Quand tout sera fini, je te conduirai chez notre roi. Tu as eu de la chance, parce que, si tu ne m'avais pas rencontré, tu serais mort de faim sur cette île déserte!"

L'homme qui m'avait sauvé me présenta à ses compagnons, qui m'accueillirent avec cordialité.

Arrivés à la ville, les palefreniers racontèrent mon aventure au roi.

"Allah a voulu ton salut!" dit le souverain, après m'avoir écouté. "Ta vie est certainement destinée à être longue."

Me considérant comme un protégé d'Allah, il me couvrit de dons et de faveurs, me nomma surintendant du port, avec le devoir d'enregistrer toutes les

marchandises de passage.

Je me retrouvais ainsi dans une position fort enviable, mais j'éprouvais une grande nostalgie de ma terre natale. Chaque fois qu'un navire abordait, je demandais au capitaine si, par hasard, il se dirigeait à Bagdad et s'il pouvait m'y ramener. Mais un jour, en enregistrant les marchandises d'un navire qui venait d'accoster, je demandai:

"Est-ce qu'il y a encore quelque chose à bord?"

"Oui!" répondit le capitaine, "j'ai laissé à bord tout ce qui appartenait à un marchand qui a fait naufrage et s'est noyé. Nous pensions tout vendre et ramener le produit de la vente à sa famille, à Bagdad."

"Pouvez-vous me dire comment s'appelait ce naufragé?" demandai-je encore. "Il s'appelait Sindbad le marin."

"Mais Sindbad le marin c'est moi! J'ai réussi à me sauver en m'agrippant à un baril et j'ai fini sur cette île où, par la grâce d'Allah, j'ai rencontré les palefreniers du roi. C'est justement le roi qui m'a nommé surintendant du port. Les marchandises que tu as laissées à bord sont donc les miennes."

"Je n'ai jamais entendu pareille histoire!" s'indigna le capitaine. "Il n'y a plus d'honnêtes gens de nos jours!"

"Capitaine", répliquai-je, "pourquoi ne crois-tu pas à mon histoire?"

"Mais c'est clair!" répondit-il, "tu as entendu que le propriétaire des marchandises s'est noyé et maintenant, en inventant une aventure incroyable, tu tentes de t'en approprier!"

Je rappelai au capitaine tout ce qui était arrivé à bord depuis l'embarquement. Celui-ci dut reconnaître que je disais la vérité.

"Par Allah!" dirent-ils tous, "nous ne pensions pas que tu pusses te sauver!" La marchandise me fut rendue et je pensai aussitôt offrir un cadeau précieux au roi. Celui-ci fut aussi très étonné de ce qui m'était arrivé, mais tous lui assurèrent qu'aucune de mes paroles n'était fausse. En échange de mon cadeau, il me donna la permission de m'en aller avec tous mes biens. Je m'embarquai, j'arrivai à Basrah et, de là, à Bagdad. J'étais plus riche qu'avant et j'oubliai vite les souffrances vécues.»

Son récit terminé, Sindbad le marin offrit trois monnaies d'or à Sindbad le porteur et l'invita à revenir le jour suivant.

Le lendemain, le maître de maison, après lui avoir offert, ainsi qu'aux autres

marchandises et je m'embarquai à Basrah pour mon deuxième voyage.

Au début la navigation fut favorable. Un jour, cependant, nous arrivâmes dans une étrange île inhabitée. Nous fûmes nombreux à débarquer.

Je m'assis sur la rive d'un fleuve et m'endormis aussitôt. A mon réveil, je m'aperçus qu'il n'y avait plus personne. Le navire était parti et le capitaine m'avait oublié! Angoissé, je pensais: "Cette fois-ci je n'arriverai pas à m'en sortir!"

Je grimpai sur un arbre pour scruter l'horizon et j'aperçus une grande coupole blanche. Plein d'espoir je me dirigeai vers la coupole, mais, de près, je vis qu'elle n'avait aucune entrée. Le soleil n'était pas encore couché et teintait le ciel de rouge flamboyant.

Tout à coup le ciel s'assombrit comme pendant la nuit. Je levai les yeux et vis un gigantesque oiseau, les ailes déployées, qui obscurcissait la lumière du soleil. Je me souvins alors d'avoir entendu l'histoire d'un oiseau si grand qu'il nourrissait ses petits d'éléphants; on l'appelait rouck. Je compris que la coupole n'était rien d'autre qu'un oeuf de rouck. L'énorme oiseau se posa sur l'oeuf pour le couver, et s'endormit. Je défis mon turban et j'en fis une corde avec laquelle je m'attachai aux pattes du rouck, décidé à me faire transporter. Aux premières lueurs de l'aube, l'oiseau se réveilla, déploya ses ailes démesurées et s'envola. Il s'éleva dans les airs, puis se posa sur un haut plateau. Je me déliai. Le rouck descendit

invités, des mets exquis, reprit son histoire.

«Un jour, j'éprouvai à nouveau le désir de voyager. Je décidai d'investir une partie de mon avoir dans de nouvelles

dans la vallée au-dessous, puis remontait tenant dans son bec un très gros serpent. Le haut plateau était désert. Au-delà de la vallée s'élevait une montagne si haute que personne n'aurait pu l'escalader.

Il ne me restait plus qu'à descendre dans cette vallée. Quand j'y fus parvenu, je m'aperçus que le fond était jonché de diamants, mais également plein de terribles serpents.

Je frissonnai. Heureusement, le jour ils ne bougeaient pas, effrayés par les roucks. La nuit, cependant, allait tomber. Je trouvai une caverne et j'y pénétrai, fermant soigneusement l'entrée avec une grosse pierre. Au matin, je sortis de mon refuge et commençai à errer dans la vallée, cherchant une issue. Soudain, un animal dépecé tomba devant moi; je me souvins alors d'avoir entendu raconter que, dans une vallée maudite, les chercheurs de diamants ont l'habitude de jeter de gros animaux écartelés au fond de la vallée. Comme la chair est encore fraîche, les pierres précieuses y restent attachées. Les chercheurs attendent qu'un vautour ou un aigle survienne, saisisse la carcasse et la transporte sur le haut plateau. Puis, par des cris et des hurlements, ils poussent l'oiseau à abandonner sa proie.

Me rappelant cette histoire, je me remplis les poches de diamants, et m'attachai à l'animal dépecé. Le rouck ne se fit pas attendre longtemps et nous porta sur le haut plateau.

Il allait donner le premier coup de bec à sa proie, lorsque quelques hommes survinrent en hurlant.

L'oiseau, épouvanté, s'envola. Mes ha-

bits étaient tout ensanglantés, mais j'étais sain et sauf. Je racontai mon aventure aux chercheurs et récompensai, avec une partie des diamants, celui qui avait jeté la carcasse dans la vallée. Tous étaient persuadés qu'Allah me protégeait, car personne n'était jamais sorti vivant de la vallée maudite des serpents.

Le lendemain, j'entrepris le voyage de retour. Je troquai quelques diamants contre d'autres marchandises, devenant ainsi plus riche qu'avant. A Bagdad, je fus accueilli avec joie par mes parents et amis, et repris ma vie aisée, oubliant bien vite mes souffrances et mes peurs.»

«Voilà tout ce qui arriva pendant mon second voyage. Demain je vous raconterai le troisième. Et maintenant, qu'on serve le repas!» conclut Sindbad le marin.

Sindbad le porteur qui avait écouté - stupéfait comme tous les autres - la deuxième aventure, reçut encore une fois trois monnaies d'or. Naturellement, le lendemain il retourna chez le marin. Il attendit avec lui l'arrivée des autres, après quoi ils se mirent à dîner joyeusement.

Sindbad le marin raconta ensuite son troisième voyage.

«Bien que je fusse déjà fort riche, je désirai le devenir encore plus.

Ainsi, je m'embarquai de nouveau à Basrah sur un beau navire, en compagnie d'autres marchands.Un jour, nous fûmes pris dans une violente tempête et le capitaine s'écria:

"J'ai perdu le contrôle du navire! Les voiles sont déchirées! Nous trouverons peut-être refuge près du Mont des Singes. Mais faites attention, car ils sont dangereux!"

Le navire s'ensabla sur la plage d'une île bien étrange. Nous débarquâmes et fûmes aussitôt entourés par une bande de singes. Grands comme des enfants, poilus et puants, ils s'agitaient frénétiquement, tandis que nous restions immobiles craignant leur réaction. Nous ne pouvions rien faire d'autre que les observer, pendant qu'ils grimpaient au sommet des mâts et coupaient les amarres avec leurs dents très tranchantes. C'est alors qu'une immense vague emporta le navire avec toutes ces vilaines bêtes, mais aussi avec toutes nos marchandises.

Pendant que nous errions sur l'île, nous vîmes un château colossal.

Tout effrayés que nous étions, nous

peur, nous ne pûmes fermer l'oeil de la nuit.

Le matin, l'ogre s'en alla et ferma la porte à clef derrière lui. Nous passâmes la journée dans la terreur. A son retour, le géant choisit un autre de mes compagnons et le mangea. Il venait de s'endormir, quand nous prîmes la décision de le tuer pendant qu'il dormait. Nous chauffâmes au rouge vif la pointe de deux broches, que nous enfonçâmes dans les yeux de l'ogre. Le géant bondit de son banc en hurlant horriblement! Nous fûmes renversés à terre, mais l'ogre, désormais aveugle, ne put nous attraper. Alors, à tâtons, il trouva la porte et s'en alla, en poussant des cris de fauve blessé.

Nous courûmes vers la mer et, en catastrophe, construisîmes un radeau avec des troncs trouvés sur la rive.

Nous venions de mettre le radeau à l'eau, quand nous vîmes arriver l'ogre,

franchîmes sa porte monumentale.

Le château semblait désert, mais il devait être habité, puisqu'au milieu de la cour se trouvaient un grand banc et un foyer allumé. Nous nous assîmes et, vaincus par la fatigue, nous nous endormîmes. Le soir, la terre se mit à trembler: un être inimaginable s'avançait vers nous. C'était un vrai ogre, gigantesque, les yeux rouges et cruels, deux crocs semblables à ceux des sangliers, une bouche disproportionnée et d'énormes oreilles.

L'ogre me saisit et, de ses grandes mains, se mit à me palper.

Heureusement j'étais trop maigre pour lui; il chercha alors, parmi mes compagnons, quelqu'un de plus en chair.

Il le tua et, après l'avoir rôti, le dévora en entier!

Son repas terminé, il s'étendit sur le banc et s'endormit, tandis que nous, blottis dans un coin et tremblants de

plus tard, le serpent nous dénicha et trouva, bien sûr, plus commode de manger mon compagnon que de monter au sommet de l'arbre pour me saisir. Il ne me restait plus beaucoup d'espoir de me sauver. Une idée me vint enfin à l'esprit: je pris des planches, que je trouvai là, et m'en attachai une sous les pieds, deux le long de mes flancs, une sur le ventre, une sur le dos et une sur la tête. Je m'étais ainsi construit une sorte d'armature de protection. Tard

accompagné d'une ogresse plus laide que lui.

Ensemble, ils commencèrent à nous bombarder de lourds rochers. Ils nous touchèrent plusieurs fois et, avant que nous fussions hors de portée, ils avaient tué tous mes compagnons, sauf deux. Le radeau, bien que défait, nous transporta tous les trois jusqu'à une île inconnue. Nous errâmes tout le jour, sans rencontrer personne. Le soir, épuisés, nous nous endormîmes. Mais pendant la nuit, un serpent monstrueux s'approcha, saisit l'un de mes compagnons et l'avala! Puis il s'enroula et s'endormit. Nous n'étions plus que deux. Terrorisés, nous grimpâmes sur un arbre, pensant être en sécurité. Mon compagnon s'arrêta à la première branche, tandis que moi, je grimpai bien plus haut. Ce fut mon salut, car, un peu

dans la nuit, le serpent essaya de m'avaler, mais en vain: les planches l'en empêchèrent.

Mon armature résistait; le reptile redoubla d'efforts jusqu'à l'aube, puis il renonça et s'en alla.

Je sortis de mon armature et me remis à la recherche de nourriture. Je parvins à l'une des pointes extrêmes de l'île, qui surplombait la mer.

Je venais de m'asseoir et j'étais en train de fixer la mer, quand je vis passer un navire à quelques centaines de mètres! Ils entendirent mes appels: j'étais sauvé! Ils me firent monter à bord, m'habillèrent, me donnèrent à manger.

Plus tard, je racontai mon histoire qui, naturellement, étonna tout le monde.

Grâce au vent favorable, nous rejoignîmes très facilement le port de Salahita. Le capitaine s'approcha de moi:

"Ici tu es un pauvre, malheureux étranger, mais je peux t'aider. Sur le bâteau nous avons un stock de marchandises qui appartenait à un passager disparu sur une île déserte, dont nous n'avons plus eu aucune nouvelle. J'ai décidé de les vendre et d'apporter le produit de la vente à sa famille. Tu pourrais t'en occuper: je te donnerai un pourcentage sur le bénéfice."

Je remerciai le capitaine d'avoir pensé à moi; j'en avais vraiment besoin.

"Capitaine", demanda le maître d'équipage qui enregistrait les marchandises, "à quel nom dois-je inscrire ce stock?"

"Inscris-le au nom de Sindbad le marin. C'est lui qui a disparu!"

"Mais Sindbad le marin c'est moi!" m'écriai-je, "et je n'ai pas disparu! Quand nous débarquâmes sur l'île, je m'endormis et, au réveil, je ne trouvai plus personne. Voilà pourquoi ces marchandises sont à moi. Les chercheurs de diamants qui m'ont vu sur le mont et à qui je racontai mon histoire peuvent en témoigner."

Marins et marchands, qui s'étaient approchés pour écouter, se mirent à discuter: certains me croyaient, d'autres me considéraient comme un menteur.

Mais, soudain, entendant parler du mont des diamants, un marchand s'approcha de moi et, après m'avoir regardé attentivement, s'exclama:

"Par Allah, vous souvenez-vous de ce que j'ai raconté à propos de l'homme attaché à cet animal que j'avais jeté dans la vallée des diamants? Et bien, c'est justement cet homme-là! Je le reconnais. Et son histoire est vraie!"

Alors le capitaine me demanda brusquement:

"Quelles sont tes marchandises? Comment sont-elles marquées?"

Je le lui dis et il fut convaincu.

Je pus ainsi disposer de mes biens et repris mon commerce comme si de rien n'était. Je rentrai à la maison.

Ce sera tout en ce qui concerne mon troisième voyage et, si vous revenez demain, je vous raconterai les aventures de mon quatrième voyage.»

Après quoi il donna l'ordre d'offrir trois pièces d'or au porteur.

Le matin suivant, Sindbad le porteur se

rendit encore chez son riche ami. Ils mangèrent ensemble et attendirent l'arrivée des autres.

Puis, Sindbad le marin commença le récit de sa quatrième aventure.

«Le désir de voyager me reprit. J'achetai des marchandises en abondance, saluai tout le monde et m'embarquai à Basrah. Le voyage en mer se déroula favorablement pendant un certain temps. Mais, un jour, un vent violent se leva, arracha les voiles et mit en pièces le navire. Nous tombâmes tous à l'eau; heureusement, la plupart d'entre nous purent s'agripper aux épaves. La mer se calma et nous fûmes poussés par les vagues sur la plage d'une île. Nous nous mîmes à la recherche de nourriture, quand, au loin, apparut une construction d'où sortirent des hommes nus qui, sans dire un mot, nous saisirent et nous enfermèrent dans une vaste enceinte. On nous apporta de la nourriture si étrange que je refusai avec méfiance. Mes compagnons, en revanche, en mangèrent en abondance. Mais ce fut leur perte. En effet, poussés par un mystérieux aiguillon de la faim, plus ils mangeaient, plus ils avaient faim. Abasourdi, je compris vite que ces hommes nus étaient au service d'un ogre. Ils capturaient les naufragés, les gavaient d'une nourriture spéciale et, après les avoir bien engraissés, ils les égorgeaient et les faisaient rôtir.

Tandis que mes pauvres compagnons, désormais fous, étaient conduits au pâturage comme des animaux, moi, je jeû-

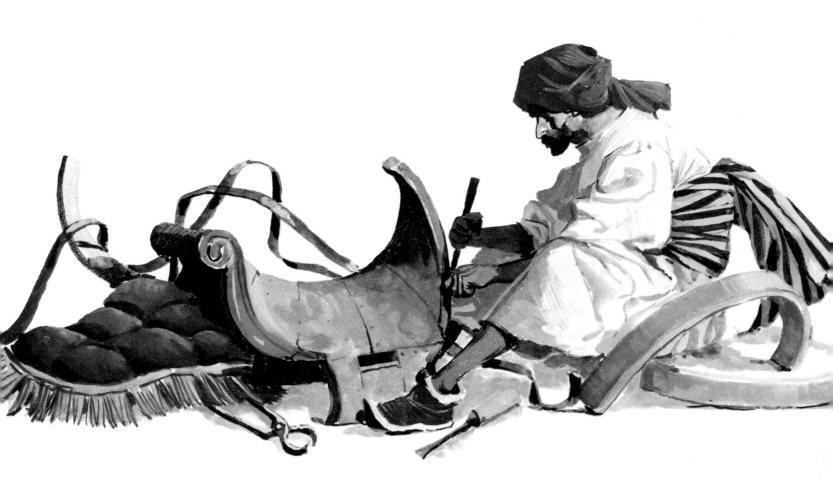

nais. Quand je n'eus plus que la peau sur les os, plus personne ne s'occupa de moi et j'en profitai pour m'enfuir. Sept jours et sept nuits, je marchai sans m'arrêter. A l'aube du huitième jour, j'aperçus au loin des gens occupés à récolter du poivre. Ils me secoururent et me conduisirent chez leur roi. Quand je fus en sa présence, je lui racontai tout ce qui m'était arrivé depuis mon départ de Bagdad. A la fin de mon récit, le roi, ému, m'offrit une monnaie d'argent. Je décidai de m'établir dans cette ville qui s'était montrée si hospitalière. Je n'eus pas de peine à me lier d'amitié avec les habitants qui commencèrent à m'estimer. J'avais remarqué que tous, les riches comme les pauvres, chevauchaient sans se servir de selle. Etonné, j'en parlai au roi qui me demanda: "Comment est faite une selle?"
"Permettez-moi d'en construire une!"
"Fais ce que tu penses!" répondit le roi, et il ordonna qu'on me fournît tout ce qu'il fallait.
Je fis construire l'armature de la selle par un habile menuisier; je la rembourrai de laine et la recouvris de peau. Un forgeron fit les étriers. Puis, j'attachai la selle sur la croupe d'un cheval et la fis essayer au roi. Celui-ci en fut si satisfait qu'il récompensa généreusement mon travail. Deux jours après, le premier ministre vint me demander une selle et, ensuite, d'autres dignitaires en firent de même. Je me mis à fabriquer des selles

pour tout le monde et m'enrichis rapidement. Au bout de quelque temps, la considération dont je jouissais augmenta beaucoup. Le roi me fit appeler: "Ici tu es respecté et aimé de tous, mais il te faut une femme. Je veux que tu épouses la jeune fille que j'ai choisie pour toi!"

J'acceptai de bon gré, parce que la jeune fille était belle et riche.

Je vivais, paisible et heureux, avec ma jeune femme. "Si je revenais au pays", pensais-je, "je la prendrais avec moi!". Mais personne ne peut connaître ce que le destin lui réserve. Quelque temps après, je rendis visite à un voisin dont la femme venait de mourir. Je le trouvai très affligé.

"Mon ami, ne te désespère pas autant!" lui dis-je. "La vie est longue, tu pourras te remarier et trouver une femme peut-être meilleure que celle que tu as perdue!"

"Comment veux-tu que je puisse me remarier", répliqua-t-il, "s'il ne me reste qu'un jour à vivre?"

"Qu'est-ce que tu dis? Mais tu es en parfaite santé!"

"C'est vrai, mais aujourd'hui je serai enseveli moi aussi avec ma femme. Telle est notre coûtume!"

Des parents et des amis nous rejoignirent. Le corps de la femme défunte fut mis en bière et porté au pied d'un mont, au bord de la mer.

Les fossoyeurs levèrent la grosse pierre qui fermait l'ouverture d'un puits profond. On y descendit le cercueil et le

mari dut le suivre, en emportant seulement une cruche d'eau et sept petits pains. Puis la grosse pierre fut remise à sa place.

"Par Allah!" pensai-je, "une fin pareille est pire que n'importe quelle mort!"

Je me rendis tout de suite chez le roi.

"Comment est-il possible d'être aussi cruel et d'ensevelir les vivants avec les morts?" lui demandai-je.

"Il n'y a point de cruauté dans tout cela", répondit-il. "Nous suivons cette coutume depuis des temps immémoriaux."

"Est-ce que le même sort est réservé aux étrangers?"

"Oui, à tous ceux qui habitent ce pays et qui sont mariés!"

Je n'en revenais pas! J'étais bouleversé! Ma vie était liée à celle de ma femme.

Si elle mourait, je serais enseveli avec elle. Par malheur, ma femme tomba malade peu après et mourut en quelques jours. Ses parents vinrent l'habiller et la parer de tous ses bijoux et la mirent dans le cercueil. Ils me saisirent et, malgré mes protestations, me descendirent dans la fosse qu'ils refermèrent tout de suite. Je m'évanouis. Quand je repris mes sens, je compris, grâce à la faible lumière qui filtrait par une fente minuscule, que j'étais enfermé dans une grande caverne. Autour de moi, parmi les planches cassées de nombreuses bières, gisaient plusieurs squelettes parés de bijoux. L'horreur fit place à une sorte de frénésie irrationnelle: je me mis à ramasser les pierres précieuses, sans penser que je ne pourrais jamais les emporter: cette caverne serait aussi ma tombe.

Quand je m'en rendis compte, je sombrai dans le désespoir. Après avoir hurlé, pleuré et pesté, je me laissai aller, épuisé, contre les parois de la caverne.

Les jours passèrent; j'avais rationné l'eau et le pain. Bientôt, je perdis la notion du temps: je ne savais plus depuis quand j'étais enfermé là-dedans. Une petite flamme d'espoir, cependant, brûlait toujours en moi.

Dans ma vie, j'avais affronté tant de périls qu'il me semblait impossible de devoir périr ainsi.

Un jour, je fus réveillé par la chute d'un caillou. Je me levai et me dirigeai vers l'endroit d'où venait le bruit. Je vis un gros blaireau disparaître dans une ga-

lerie. Je le suivis. Après avoir rampé je ne sais plus combien de temps, j'aperçus une lumière: c'était la brèche par où l'animal était entré. Je sortis à mon tour et je me trouvai sur le flanc d'une montagne escarpée.

Je respirai enfin l'air pur: je revenais à la vie après avoir frôlé la mort.

Je retournai dans la caverne pour enlever aux morts tous les bijoux qui d'ailleurs ne leur serviraient plus.

Je descendis au bord de la mer pour capturer quelques langoustes et autres mollusques.

Les jours passèrent et je vis enfin un navire. Je montai, en courant, au sommet du mont et j'agitai un drapeau blanc. On me vit, on détacha une chaloupe et peu après je montai à bord, sain et sauf. Le navire reprit sa route: la navigation se poursuivit sans aucun imprévu jusqu'à Basrah. Je rentrai chez moi, à Bagdad, où je retrouvai ma famille et mes amis.»

«Voilà», conclut Sindbad, «ce qui m'est arrivé pendant le quatrième voyage».

Il se tut et tous commentèrent alors avec étonnement le récit du maître de maison. Il était très tard. Le porteur se leva pour s'en aller et reçut les trois monnaies d'or comme d'habitude.

Le lendemain matin il était de nouveau là. Sindbad le marin commença aussitôt son cinquième récit.

«Dans mon quatrième voyage je *mourus* et *ressuscitai* plus d'une fois. J'oubliai, cependant, les risques que j'avais courus, et l'envie de voyager me reprit. J'achetai un vaisseau, engageai un capitaine et fis charger les marchandises. Nous navigâmes d'une île à l'autre pendant longtemps, jusqu'au jour où nous jetâmes l'ancre dans la baie d'une île déserte. Je vis de loin une coupole blanche. C'était un oeuf énorme. Je compris alors que nous étions sur l'île des roucks. Les marchands, en dépit de mes protestations, cassèrent l'oeuf et en sortirent le gros poussin. Ils s'apprêtaient à le rôtir, quand le ciel s'obscurcit d'un coup: les ailes du rouck cachaient le soleil. Nous nous précipitâmes sur le vaisseau. J'ordonnai de lever l'ancre au plus vite.

Lorsque le rouck s'aperçut que son oeuf avait été cassé, il s'éloigna à la recherche de la femelle. Peu après, tous deux revinrent, volèrent autour du vaisseau, puis disparurent. Nous étions déjà en haute mer, quand nous les vîmes arriver. Chacun des roucks tenait entre ses griffes un rocher! Lorsque le mâle laissa tomber le sien, le capitaine l'évita en faisant un virage; il n'arriva toutefois pas à esquiver celui de la femelle, qui fracassa la poupe et fit sombrer le vaisseau.

Nous finîmes tous à la mer. Le destin me fit trouver une planche à laquelle je m'agrippai et, à la faveur des courants, j'aboutis sur la plage d'une île. C'était un vrai paradis terrestre, plein d'arbres fruitiers et de ruisseaux limpides. Après avoir marché un peu, je découvris, près d'une source, un vieillard vêtu de feuilles. Je m'approchai de lui, me croyant en présence d'un autre naufragé, mais celui-ci me fit comprendre, par des gestes, qu'il voulait aller dans la forêt voisine, mais qu'il ne pouvait pas se servir de ses jambes. Je le chargeai alors sur mes épaules. Parvenu à l'endroit où il semblait vouloir aller, il ne descendit pas de mon dos; au contraire: quand je tentai de le mettre à terre, il serra si fort ses jambes autour de mon cou que j'en suffoquai. Je tombai par terre et il m'assomma de coups de pied, avec une force incroyable pour un homme si vieux et si petit. Je compris que j'étais son prisonnier.

Il me contraignait, à coups de pied, à le porter ici et là, sans répit.

Seulement quand il s'endormait, je pouvais me reposer et sommeiller un peu. Mais c'étaient des pauses de courte durée. J'étais à moitié mort à cause des coups et furieux d'être si mal récompensé de l'avoir aidé la première fois.

Un jour, errant avec le vieil homme sur les épaules, je vis quelques courges dans un pré. A côté, il y avait une vigne chargée de raisin. Je pensai que je pourrais faire du vin. Le vieillard ne s'opposa guère à mon désir et me laissa faire. Quelques jours après, le moût avait fermenté.

Quand le vieux me vit goûter la boisson avec plaisir, il s'empara de la courge, but sans mesure et tomba ivre mort.

Le voyant étendu par terre, privé de toute force, je l'assommai à mon tour de coups de pied et je m'enfuis.

Quelques jours plus tard, surpris par une tempête, un vaisseau jeta l'ancre dans la baie. Je fus accueilli à bord, revêtu et restauré. La mer se calma et le vaisseau reprit sa navigation. Bientôt, nous rejoignîmes la cité des singes. C'était une ville bien étrange, appelée ainsi parce que, chaque soir, elle était envahie par des singes féroces. Ses habitants étaient alors obligés de l'abandonner en montant sur des embarcations et en s'éloignant de la côte. Ceux qui osaient rester en ville, risquaient d'être tués par ces sales bêtes. Ici aussi, il m'arriva une mésaventure. Je débarquai pour visiter la ville, je m'attardai au marché et le vaisseau repartit sans moi! Je rôdais, toujours plus angoissé car la nuit allait tomber, quand un homme s'approcha de moi:
"Viens avec moi, sinon les singes te tueront!" me dit-il. Je montai sur son bâteau et passai la nuit en mer. Comme

tout le monde, je revins en ville le lendemain matin. Et ainsi de suite chaque jour, pendant tout le temps que je passai sur l'île. L'homme qui m'offrait son hospitalité et qui était devenu mon ami me demanda:

"Quel est ton travail? Qu'est-ce que tu sais faire?".

"Je suis marchand", répondis-je, "mais j'ai tout perdu!"

"Prends ce sac!" me proposa-t-il, "remplis-le de cailloux, va avec ces hommes et fais comme eux! Tu réussiras, peut-être, à te refaire un capital!"

Je fis comme il m'avait dit et m'acheminai avec ces hommes vers une palmeraie hors de la ville, où vivait une colonie de singes. Mes compagnons commencèrent à tirer des cailloux contre les singes perchés au sommet des palmiers, et ceux-ci, par imitation ou par

défense, répondirent avec une volée de noix de coco. Nous en remplîmes nos sacs et nous revînmes en ville. Je portai à mon ami tout ce que j'avais récolté.

"Vends-en une partie; le reste, dépose-le dans mon magasin!" me dit-il.

Je ne savais comment le remercier. Chaque jour je participais à l'expédition et j'en revenais chargé de noix de coco, dont je gardais une partie en réserve. Un beau jour, un vaisseau accosta: c'était l'occasion de rentrer dans mon pays. Je convins avec le capitaine du prix de mon voyage. Nous navigâmes d'île en île, de port en port.

Partout, je troquais mes noix contre des marchandises différentes: de la canelle dans l'île de la canelle; du poivre dans l'île du poivre. Nous débarquâmes sur l'île où pousse l'aloès, le meilleur des bois, et j'achetai de nombreuses

compte fait, je vis que j'avais gagné presque le quadruple de ce que j'avais perdu.

C'est pourquoi j'oubliai bien vite tout ce qui m'était arrivé et repris ma vie facile et heureuse.»

«Maintenant, partez!» conclut Sindbad le marin. "Revenez demain et je vous raconterai ce qui m'est arrivé pendant mon sixième voyage!»

Le récit terminé, Sindbad le porteur reçut ses monnaies et rentra chez lui.

Le lendemain matin, il fut reçu par Sindbad le marin avec la cordialité habituelle. Ils attendirent ensemble l'arrivée de leurs amis, puis se mirent à table.

A la fin du banquet, Sindbad continua son histoire.

«Mes amis, la joie d'être rentré était telle que ma vie fut encore plus sereine et insouciante. Encore une fois, j'oubliai vite les malheurs passés, les angoisses et la mort si souvent effleurée.

Un jour, arrivèrent chez moi des marchands à peine revenus d'une longue croisière, et le désir de partir me reprit. C'est pourquoi j'achetai des marchandises et m'embarquai sur un grand vaisseau.

Après quelques jours de navigation sans encombre, le capitaine annonça, très préoccupé:

"Le vent nous a poussé dans une mer que je ne connais pas. Tout peut arriver, car je ne sais pas s'il y a des obstacles à la navigation. Je n'ai aucune carte de cette mer inconnue. Il ne nous reste plus qu'à invoquer Allah!"

planches. Dans la mer où l'on pêche des perles, je promis aux pêcheurs beaucoup de noix de coco s'ils pêchaient pour moi. Ils plongèrent maintes fois et trouvèrent une grande quantité de grosses perles.

"Par Allah!" disaient les pêcheurs, "vous avez beaucoup de chance".

En effet, ils n'avaient jamais pêché autant de perles.

Avec la bénédiction d'Allah, le voyage se poursuivit paisiblement jusqu'à Basrah, d'où je repartis pour Bagdad. Ici je retrouvai ma maison, ma famille et mes amis. Je fis l'aumône aux orphelins et aux veuves, comme d'habitude. Tout

Toujours plus effrayé, il fit mettre toutes voiles dehors, pour sortir au plus vite de cet endroit périlleux.

Tout d'un coup, le vent changea de direction avec une telle violence que le gouvernail se cassa, nous laissant à la merci des vagues, non loin d'une île entourée de récifs.

"Il n'y a plus aucun espoir de salut!" s'écria le capitaine.

Tout de suite après, le navire se fracassa en mille morceaux sur les écueils et, avec quelques autres, je réussis à me sauver m'agrippant à un rocher. Nous rejoignîmes une grande plage surplombée de falaises impressionnantes. Sur le rivage étaient éparpillés les débris d'innombrables naufrages.

Tout près de là s'écoulait une rivière qui finissait par pénétrer dans la fente d'un rocher.

Nous remarquâmes que, parmi les épaves, se trouvait aussi une quantité d'objets précieux. Nous récupérâmes ainsi des rubis, des émeraudes, des perles et des diamants. Nous craignions cependant de mourir de faim, car, malgré quelques arbres, il n'y avait ni fruits ni baies comestibles.

En peu de jours, tous mes compagnons moururent et je restai seul. Moi aussi, je n'en avais plus pour longtemps. Je dé-

cidai alors de me creuser une fosse. "Quand je me sentirai trop faible", pensais-je, "je m'étendrai dans la tombe et j'attendrai la mort. Le vent et le sable feront le reste. J'aurai ainsi ma sépulture!" La fosse creusée, je m'assis au bord de la rivière, pestant contre ma manie de voyager.

Je regardais couler l'eau, lorsque j'eus, soudain, l'intuition qu'elle devait bien déboucher quelque part, peut-être même dans un lieu habité.

Je devais absolument me construire un radeau. Aussitôt dit, aussitôt fait, je me mis au travail, en utilisant le bois jeté par la mer sur le rivage.

Le radeau, pour pouvoir passer à travers la brèche du rocher, ne devait pas être trop large ni trop long. Je le fis à la mesure de mon corps étendu, et le dotai de deux rames courtes.

Après l'avoir terminé, je le chargeai de tous les bijoux que j'avais trouvés et de tous les vivres qui m'étaient restés. Je

le poussai dans l'eau et j'y montai me couchant sur le dos. Transporté par le courant, je passai à travers la fente du rocher et je fus enveloppé de ténèbres. Le radeau avançait rasant les parois de la caverne et menaçant à chaque instant de se renverser. Finalement la galerie s'élargit et le radeau glissa sur l'eau, sans rencontrer d'obstacles.

Je m'endormis...

Je me réveillai étendu sur l'herbe de la rive, entouré d'hommes dont l'attitude cordiale me tranquillisa.

"Frère, sois le bienvenu!" dit l'un d'eux, en me voyant ouvrir les yeux. "D'où viens-tu? Qui es-tu?"

Je répondis, presque en criant:

"Au nom du très grand Allah, donnez-moi d'abord à manger et je répondrai à toutes vos questions!"

Ils m'apportèrent tout de suite de la nourriture et des boissons et, pendant que je mangeais avec avidité, je leur racontai mon aventure.

"Nous devons le conduire à notre roi!" dirent-ils. "Cette histoire extraordinaire lui plaira certainement!"

Quelques heures plus tard, nous étions en ville; les hommes avaient porté le radeau avec tout ce qu'il y avait dessus. Le roi nous reçut avec tous les honneurs, écouta le récit de mon aventure et se félicita de mon salut. Il me garda comme hôte, parce qu'il était curieux de connaître les coûtumes de mon pays.

"J'ai beaucoup appris par toi", dit-il, "il me semble que le calife de Bagdad gouverne avec sagesse. Je veux lui envoyer un don en signe d'amitié, et je désire que ce soit toi qui le lui portes,

quand tu rentreras chez toi!"

A peu de temps de là, quelques marchands affrétèrent un navire, pour se rendre à Basrah.

Il ne pouvait se présenter une meilleure occasion. Je me rendis chez le roi et lui exprimai mon désir de partir avec ces marchands. Fort courtoisement, il voulut m'offrir le voyage, du moment que j'apportais son don au calife de Bagdad.

Arrivé à Bagdad, je me rendis immédiatement chez le calife, pour lui remettre le cadeau; il en fut surpris et voulut connaître la raison d'un tel geste de la part d'un roi inconnu. Je lui racontai alors ce qui m'était arrivé et je dus passer presqu'une semaine à sa cour, car il ne se lassait pas d'entendre mon récit. Enfin, je pus rentrer chez moi et je déposai dans des coffres les trésors que j'avais apportés».

«Voilà ce qui m'arriva durant mon sixième voyage!» conclut Sindbad le marin. Le porteur reçut ses trois monnaies d'or et prit congé.

Au lever du soleil, il revint chez Sindbad le marin. Celui-ci reprit son récit:

«Il ne se passa pas longtemps, avant que la frénésie de voyager me reprît.

D'abord, le vent nous fut favorable, mais, à l'improviste, nous fûmes pris dans une bourrasque jamais vue. Làdessus, nous vîmes le capitaine s'arracher la barbe et s'écrier:

"Il vaut mieux prier Allah pour notre salut! Nous avons été poussés par l'ouragan dans la mer maudite. Ici il n'y a aucune possibilité d'échapper à la mort!"

Il sortit d'une boîte un peu de terre qu'il humecta d'eau de mer et, après l'avoir flairée, poursuivit:

"Nous nous trouvons dans un coin de la terre fort étrange, plein d'influences maléfiques. Ici les navires sont souvent engloutis par des poissons aux dimensions monstrueuses".

Le capitaine avait à peine fini de parler, qu'on entendit un mugissement épouvantable, semblable à mille coups de tonnerre réunis. Un poisson immense sortit des profondeurs de la mer et se dirigea droit sur nous. Nous venions de le repérer, quand un deuxième et un troisième poisson, encore plus gros,

apparurent à fleur d'eau. Le plus gros se jeta sur le navire, en ouvrant la bouche pour l'engloutir. A cet instant, une vague formidable souleva le vaisseau et le projeta contre les rochers. Nous finîmes tous à l'eau.

En me débattant désespérément, je réussis à rejoindre une planche à laquelle je m'agrippai. Je me rendis compte que j'étais resté seul: tous les autres avaient péri.

"Si j'arrive à rentrer chez moi", m'écriais-je, "je jure devant Allah que jamais plus je ne quitterai Bagdad!"

Je restai à la merci de la mer durant deux jours. Au troisième, j'atteignis une île. En l'explorant, je découvris une rivière qui me rappela mon voyage précédent: peut-être, conduisait-elle aussi au salut. Il me fallait un radeau et je me mis à la recherche de bois. Par bonheur, je trouvai le précieux bois de santal, léger et insubmersible.

Quand le radeau fut prêt, je m'aventurai sur la rivière.

J'avançai tranquillement pendant deux jours. Le troisième, le courant me poussa vers une caverne. Terrorisé, je cherchai en vain à diriger le radeau vers la rive: je fus entraîné dans les entrailles de la montagne. Cette fois-ci la galerie était plus courte, mais des cascades rapides se succédaient avec un grondement de tonnerre. J'étais ballotté de tout côté. Je faillis plusieurs fois m'écraser sur les rochers.

La rivière se fit enfin plus calme et me transporta près d'une ville.

J'étais mort de faim et de peur.

Un vieillard à la barbe blanche m'accueillit dans sa maison. Quelques jours après mon arrivée, il me proposa:

"Mon fils, viens avec moi au marché vendre ta marchandise!"

Je ne comprenais pas de quelle marchandise il parlait et je ne dis rien, jusqu'au moment où je compris que le bois de santal, dont était fait mon radeau, coûtait très cher dans ce pays.

Ce fut ainsi que je m'enrichis de nouveau. Le vieillard s'attacha tant à moi, qu'il voulut me faire épouser sa fille unique. Je ne pus faire autrement que d'accepter.

Du reste, sa fille était belle et douce.

Le vieillard mourut et j'héritai non seulement de ses biens, mais aussi de sa position de chef des marchands.

Je découvris bientôt une chose extraordinaire. Le premier jour du mois, à quelques habitants de cette ville poussaient des ailes; ils s'envolaient alors et disparaissaient loin dans le ciel.

Le lendemain, ils reprenaient leur vie tout à fait normalement.

Le premier jour du mois suivant, je m'approchai d'un homme avec des ailes et, quand il prit son vol, d'un saut je m'agrippai à ses épaules. Nous nous envolâmes ensemble, haut, toujours plus haut; nous touchâmes presque la voûte du ciel. Emu, je ne pus me retenir de crier: "Qu'Allah soit loué!"

Je n'avais pas fini ma phrase, qu'une gigantesque langue de feu sortit du ciel qui, de peu, ne nous brûla pas.

Nous piquâmes vers la cime d'une montagne, où l'homme ailé me reprocha: "Tu as tout gâché, en louant Allah pendant que nous étions en vol!"

"Je ne pouvais pas l'imaginer; je te prie de m'excuser et me raccompagner en ville!" répondis-je.

Il accepta, à condition que je ne nommasse plus Allah, tant que je me trouvais sur son dos. Il vola jusque chez moi, où ma femme, peinée par mon absence, m'accueillit avec joie.

Quand elle sut ce qui était arrivé, elle me dit: "Tu as été naïf. Tu ne dois pas aller avec ces gens-là! Ce sont des frères du diable et ils ne peuvent pas entendre le nom d'Allah."

"Et ton père?" demandai-je.

"Mon père ne s'est jamais mêlé de cela! Il a voulu que je t'épouse, pour que je ne devienne pas la femme d'un homme ailé. Il vaut mieux que tu vendes tout et que nous partions d'ici!"

Je suivis son conseil. Une fois revenu à Bagdad, je racontai ce qui m'était arrivé et j'étonnai tous mes amis.

Ils furent cependant heureux d'entendre que ce septième voyage, serait aussi mon dernier».

«Et ainsi se terminèrent mes aventures!» conclut le maître de maison.

«Pardonne-moi ce que j'ai dit quand je ne te connaissais pas et ne savais pas tout ce que tu avais enduré pour t'enrichir!» dit Sindbad le porteur.

Sindbad le marin l'embrassa, l'invitant à rester son hôte.

Depuis lors, Sindbad le marin et Sindbad le porteur vécurent ensemble comme deux frères.

LE PRINCE OMAR ET LA PRINCESSE SCHEHERAZADE

Il était une fois... sur l'île de Kalédan, un roi connu dans tout l'orient, bien-aimé de ses sujets et respecté, même par ses ennemis. Le roi avait une femme bonne et belle, mais, malgré cela, il n'était pas heureux.

Pendant les nombreuses années de leur mariage, le couple royal n'avait pas eu d'enfants et craignait de ne jamais éprouver la joie d'en avoir.

Mais, finalement, un beau matin de printemps, nacquit un splendide petit garçon. Les parents, très fiers, l'appelèrent Omar, qui, dans leur langue, signifie "Lune resplendissante".

Les années passèrent et Omar devint un très beau jeune homme, intelligent, courageux et aimable. Le jour de son dix-huitième anniversaire, le roi le fit appeler:

"Omar, maintenant que tu es majeur, il faut que tu te trouves une femme. Choisis-en une parmi les nombreuses princesses que tu as rencontrées et qui rêvent de t'épouser!"

"Mon père", répondit Omar très respectueusement, "je n'ai aucune intention de me marier. Je suis encore jeune et je veux attendre le bon moment. Donne-moi une année pour y réfléchir!"

Le roi consentit et Omar passa son année à étudier avec les maîtres les plus savants du royaume.

Il connut beaucoup de jeunes filles,

mais ne tomba amoureux d'aucune. Au terme des douze mois, le prince fut convoqué une autre fois par son père. ''Alors, mon fils'', demanda le roi anxieusement, ''quand pourrons-nous annoncer tes noces?''

''Père, par malheur je n'ai pas encore rencontré la femme qui me convient.'' Le roi perdit patience:

''Omar, tu dois cesser de perdre ton temps! Tu es un adulte et je veux des héritiers. Pense à l'avenir et prends très vite une décision!''

''Je regrette, père, mais pour l'instant je ne peux pas te satisfaire. Je ne suis pas amoureux, donc je ne me marie-rai pas!'' Le roi qui ne supportait pas qu'on le contredise sur une question si importante, se mit en fureur: il appela les gardes et leur ordonna d'enfermer le prince dans un

château, au milieu de la forêt. Pendant ce temps, en Chine vivait la douce et très belle princess Sché-

hérazade. Elle venait d'avoir seize ans et son père voulait la contraindre à épouser l'un des princes qui lui faisaient la cour. Schéhérazade attendait cependant de rencontrer le grand amour. Comme le roi ne réussissait pas à fléchir sa volonté, il l'enferma dans un palais. "Je préfère la prison à un mari que je n'aime pas" dit la princesse.

Entretemps, Omar passait ses journées, seul et mélancolique, dans le château où il était enfermé.

Deux génies invisibles, Abhou et Dhabi, s'amusaient à l'observer à son insu.

Un jour, Abhou dit à son ami:

"Omar est l'être le plus beau qui soit au monde!"

"Tu te trompes", répliqua Dhabi, "la plus belle, c'est Schéhérazade, la fille du roi de Chine."

Les deux commencèrent à se disputer. A la fin, ils décidèrent de faire appel à Lilibeth, la fille du roi des génies et de lui demander son avis, pour mettre fin à leur querelle. Lilibeth conseilla:

"Allez en Chine, endormez la princesse par un enchantement et amenez-la au château d'Omar! En les voyant ensem-

ble, vous réussirez à établir qui des deux est le plus beau."

Cette nuit-là, Abhou et Dhabi volèrent en Chine. Les deux génies transportèrent la jeune fille, endormie, au château d'Omar.

"Ils sont si beaux qu'ils semblent faits l'un pour l'autre!" se dirent Abhou et Dhabi, quand ils virent les deux jeunes gens réunis. "Si seulement ils pouvaient se connaître...!"

Les deux génies se cachèrent derrière une tenture et attendirent. Schéhérazade ouvrit enfin les yeux et eut un coup de foudre en voyant Omar à côté d'elle. Voilà celui qu'elle voudrait épouser! Elle enleva son anneau et le lui enfila au doigt, en gage d'amour.

Puis elle se rendormit.

Omar se réveilla à son tour, vit Schéhérazade couchée à côté de lui et fut frappé par sa douce beauté.

"Si cette jeune fille est aussi bonne que belle, je serais heureux de l'épouser!" pensa Omar en l'observant avec stupéfaction.

Lui aussi retira de son doigt un anneau orné d'un rubis et le mit au doigt de Schéhérazade. Puis, succombant au sommeil, il se rendormit à côté d'elle.

Abhou et Dhabi sortirent, abasourdis, de leur cachette:

"Ils sont tombés amoureux l'un de l'autre!" dit Abhou. "Qu'est-ce qu'on fait maintenant?"

"Ramenons Schéhérazade dans son palais! S'ils s'aiment vraiment, ils feront tout pour se retrouver", répondit Dhabi.

Quand Omar se réveilla, Schéhérazade avait disparu. Confus et agité, le prince demanda aux gardes et aux domestiques si l'un d'eux l'avait vue. Informé de ce qui s'était passé, son père voulut lui parler:

"Mon fils, tu perds la tête pour une jeune fille que tu as rêvée!"

"Non, ce n'était pas un rêve!" insista le prince. "Regarde l'anneau qu'elle m'a

donné!" Omar tomba malade d'amour. Le roi appela des médecins et des savants, mais rien n'y faisait: Omar perdait le goût de vivre.

De son côté, Schéhérazade aussi était affligée: le seul souvenir de son amour inconnu était la bague ornée d'un rubis. Son père était sûr que la jeune fille l'avait rêvé: où et comment avait-elle pu rencontrer ce mystérieux jeune homme?

Le seul qui croyait à son existence était Kharim, l'ami d'enfance de la princesse, qui s'offrit à retrouver sa trace. Schéhérazade lui confia la bague d'Omar. Kharim partit le jour même.

Il voyagea longtemps, sans que personne ne lui fournît des renseignements utiles.

Abhou et Dhabi le suivaient en cachette et n'intervenaient pas.

Un marchand, finalement, lui raconta que sur l'île de Kalédan vivait un jeune prince malade d'amour. Kharim comprit qu'il était sur la bonne piste, et s'embarqua sur un vaisseau qui devait faire escale à Kalédan. Après quelques jours de navigation, une terrible tempête se déchaîna, le voilier fut projeté contre des écueils et sombra.

Agrippé à une planche flottante, Kharim

attendit que l'ouragan se calmât; puis, enfin, il rejoignit la rive.

La plage était déserte, mais, au loin, on découvrait les tours d'un château.

Alors qu'il reprenait des forces, Kharim vit s'approcher un homme à cheval.

"Où suis-je?" demanda-t-il à son sauveur.

"Tu es sur l'île de Kalédan" répondit l'inconnu. "Mais toi, qui es-tu?"

Kharim se leva brusquement:

"Je suis un médecin célèbre dans mon pays. J'ai entendu dire que votre prince est très malade et je voudrais tenter de le guérir".

"Oui!" répondit le cavalier. "Le prince Omar est très malade et sa maladie est, parait-il, inguérissable".

Kharim, troublé, proposa: "Conduis-moi auprès de lui, s'il te plaît!"

Kharim, arrivé devant le prince, sans mot dire, lui montra l'anneau orné d'un rubis. Omar poussa un cri et se leva; toute l'assistance écarquilla les yeux, incrédule.

"C'est l'anneau que j'ai donné à la jeune fille que je veux épouser!" s'exclama le prince, exultant de joie.

"Cette jeune fille s'appelle Schéhérazade, elle habite dans la lointaine Chine

et ne désire rien d'autre que vous revoir", lui dit Kharim.

Omar était fou de joie: il pourrait enfin réaliser son rêve.

Pour exprimer sa reconnaissance à Kharim, il lui offrit une épée incrustée de pierres précieuses et un merveilleux coursier. Il lui proposa de se mettre en route avec lui, pour rejoindre au plus vite la belle princesse.

Malgré les difficultés d'un voyage aussi long, après plusieurs jours, leur joyeux cortège parvint en Chine.

Arrivé aux portes de la ville de Schéhérazade, Omar fit annoncer son arrivée par un messager, qui remit à la princesse une longue lettre d'amour, accompagnée de la bague.

Les deux jeunes gens purent enfin se revoir. Ils échangèrent les premières paroles affectueuses et eurent la confirmation d'être faits l'un pour l'autre.

Sûrs de leurs sentiments et désireux de vivre ensemble, ils demandèrent au roi la permission de se marier au plus vite.

Même invisibles, Abhou et Dhabi

étaient présents à la cérémonie qui eut lieu peu de jour après.

"Schéhérazade est vraiment très, très belle!" dit Dhabi.

"Oui, d'accord", répliqua Abhou, "mais Omar..."

"Tu veux reprendre la querelle, je vois!" l'interrompit Dhabi, sur un ton provocateur.

Là-dessus apparut Lilibeth, la fille du roi des génies.

"Nous n'avons pas encore établi qui des deux est le plus beau", lui dirent Abhou et Dhabi.

"Je dois admettre qu'ils forment le couple le plus beau du monde" affirma Lilibeth. "Et leurs enfants seront certainement encore plus beaux!" conclut la fée en riant.

Ainsi prit fin la longue dispute, dans la satisfaction générale, et les deux génies, réconciliés, s'embrassèrent tout heureux.

LA MALLE VOLANTE

Il était une fois... à Copenhague, au Danemark, un marchand fort riche qui avait un fils du nom d'Erik.

Erik était un beau garçon, intelligent, mais aussi très paresseux. Au lieu d'étudier ou de travailler, il préférait passer ses journées à flâner, en s'amusant avec ses amis et en dépensant l'argent de son père en futilités. Quand le marchand mourut, il laissa tout son avoir à Erik, qui le dilapida en peu de mois. Tout ce qui resta au jeune homme c'était une malle vide, mais dotée d'un pouvoir magique.

En effet, il suffisait d'y entrer pour qu'elle s'envolât.

Un jour, Erik, qui n'avait point l'intention de se mettre au travail pour gagner son pain, décida d'affronter l'inconnu, en partant chercher fortune. Il entra dans sa malle et s'envola au-dessus des mers et des forêts, pendant des jours et des jours...

Il survola finalement une ville orientale et ordonna à sa malle d'atterrir sur la terrasse d'un merveilleux palais. Erik sortit de sa malle et se trouva devant une très belle jeune fille qui le regardait avec stupeur.

"Je suis Tamara, la fille du sultan. Et toi, qui es-tu?" lui demanda la jeune fille. Erik, prêt à profiter de la situation, répondit: "Je suis le dieu de ton peuple, venu te demander en mariage".

La princesse, fascinée par la très grande beauté de l'inconnu et convaincue d'être en présence d'un être divin, accepta, heureuse, et appela sa famille. Le sultan accueillit le jeune homme avec tous les honneurs et ordonna de commencer tout de suite les préparatifs pour les noces. Le jour avant la cérémonie, Erik remplit sa malle de candélabres d'or, de tissus damassés et s'enfuit du palais à bord de sa malle, en direction de Copenhague. Mais la malle, alourdie par le précieux butin, perdit de la hauteur et tomba dans la mer, près de la côte danoise.

Erik réussit à atteindre le rivage à la nage et rentra chez lui. Pour survivre, il se mit à chanter des chansons mélancoliques au coin des rues.

Et, en Orient, sur la terrasse d'un somptueux palais, une jeune fille de temps en temps regardait le ciel avec tristesse, espérant le retour du dieu qui l'avait abandonnée sans aucune explication.

235

LA PETITE FILLE
AUX POIRES

Il était une fois... un paysan qui vivait de sa terre. Son poirier produisait chaque année quatre paniers de poires qu'il devait livrer au roi, un homme avide qui s'enrichissait au dépens des pauvres gens. Cette année-là, une partie de la récolte fut détruite et le paysan ne put cueillir que trois paniers et demi de poires. Le pauvre homme était désespéré, car le roi exigeait quatre paniers entiers et le punirait cruellement.

Il fut donc contraint à mettre sa petite fille dans un des paniers et il la recouvrit d'une couche de poires, afin que le panier semblât plein.

Les serviteurs du roi retirèrent les quatre paniers, sans rien soupçonner. La fillette resta seule dans la dépense royale, cachée sous les poires.

Une cuisinière, cependant, la découvrit. Personne n'arrivait à expliquer d'où sortait cette petite.

On décida de la faire travailler comme servante au château et de l'appeler Violette, parce que ses yeux rappelaient la tendre couleur des violettes.

Violette était une jolie jeune fille, généreuse et douce.

Un jour, alors qu'elle arrosait les fleurs, elle rencontra le fils du roi, qui avait le même âge qu'elle.

Les deux jeunes gens se lièrent d'amitié. Les autres servantes — envieuses de la beauté de Violette et de l'affection que beaucoup de personnes, au château, éprouvaient pour elle — firent tout pour lui attirer des ennuis, en répandant, entre autre, de fausses rumeurs sur son compte.

Un jour, le roi l'appela et lui demanda sévèrement:

"On m'a rapporté que tu t'es vantée de pouvoir t'emparer du trésor des sorcières; est-ce vrai?"

Violette nia, mais le roi ne la crut pas et la chassa de son palais:

"Tu pourras revenir quand tu te seras emparée du trésor des sorcières!" dit-il.

Tous ceux qui aimaient Violette — dont le prince — furent peinés de la décision du roi, mais Violette dut s'en aller.

La fillette erra longtemps dans la forêt et, lorsqu'elle vit un poirier en fleurs, elle grimpa sur une de ses branches et s'endormit. A l'aube, elle fut réveillée par une vieille femme qui l'appelait:

"Qu'est-ce que tu fais là-haut toute seule?"

Violette lui raconta son histoire et la vieille s'offrit de l'aider.

Elle lui donna deux miches de pain, une botte de sorgho, un peu d'huile et un conseil. La jeune fille se mit en chemin. Elle arriva dans une clairière où se trouvait un grand four à bois et vit trois femmes qui s'arrachaient les cheveux, avec lesquels, ensuite, elles balayaient les cendres du four.

Violette leur offrit le sorgho et les femmes lui montrèrent du doigt le sentier pour aller au palais des sorcières.

Tout d'un coup, deux mâtins affamés lui barrèrent la route. Violette leur jeta les deux miches de pain. Les deux chiens les dévorèrent et la laissèrent passer. La fillette parvint au bord d'un torrent en crue; elle se souvint alors du conseil de la vieille femme et chanta:

"Torrent limpide et cristallin
permets-moi de poursuivre mon chemin!"

Dès que la mélodie résonna dans l'air, les eaux cessèrent de couler. Violette put ainsi atteindre l'autre rive et rejoindre finalement le palais des sorcières. La porte n'était pas fermée à clef; Violette ne réussit toutefois pas à l'ouvrir, car les gonds étaient fort rouillés. La fillette les graissa avec son huile et la porte s'ouvrit tout doucement.

Violette traversa les salles désertes du palais, arriva dans une chambre somptueuse et y trouva un splendide petit coffre, rempli de pierres précieuses. Elle le mit sous son bras et se dirigea vers la porte. Mais le petit coffre, qui était magique, hurla:
"Porte, ne la laisse pas sortir!"
La porte s'ouvrit quand même, parce que Violette avait huilé ses gonds.
Quand elle atteignit le torrent, le coffre s'écria encore: "Eau, noie-la!"
Le torrent, cependant, ne l'empêcha pas de passer; les deux mâtins non plus, et les trois étranges femmes ne la brûlèrent pas dans leur grand four. Chacun, au contraire, rendit à Violette la faveur reçue. Elle revint enfin au palais. Le prince

accourut à sa rencontre et lui recommanda:

"Quand mon père te demandera ce que tu désires en récompense, demande-lui le panier de poires qui se trouve dans la dépense!"

Et c'est ainsi qu'elle fit.

Le roi, heureux de s'en tirer avec si peu, fit tout de suite livrer à la jeune fille la modeste récompense.

Personne ne soupçonnait que, sous une couche de poires, se cachait le prince.

Le jeune homme sortit de sa cachette et déclara publiquement qu'il était amoureux de Violette et voulait l'épouser.

Le roi dut consentir à leurs noces.

Violette fit venir sa famille à la cour et tous commencèrent une nouvelle vie heureuse.

LA REINE DES NEIGES

Une légende raconte que, sur les cimes les plus hautes et inaccessibles des Alpes, vivait une fort belle fée, la Reine des Neiges.
Montagnards et bergers escaladaient les Alpes pour pouvoir l'admirer et tous en tombaient éperdument amoureux.
Ils auraient tout donné pour pouvoir l'épouser.

Et ils finissaient tous par y perdre la vie: aucun mortel n'épouserait jamais la fée, ainsi en avait décidé le destin.

Il y avait quand même des jeunes gens courageux qui essayaient de l'approcher, dans l'espoir de la convaincre.

Chaque prétendant pouvait entrer dans le palais de glace, au plafond de cristal, où se trouvait le trône de la reine.

Mais, dès qu'il faisait sa déclaration d'amour et la demandait en mariage, des milliers de lutins sortaient de partout, le saisissaient et le jetaient sur les rochers, dans des abîmes sans fin.

La fée observait la scène, impassible, son coeur de glace n'étant pas sensible aux émotions.

La légende du palais de cristal et de sa belle reine se répandit jusque dans la vallée, où habitait un jeune chasseur de chamois, fort courageux.

Fasciné par ce récit, il décida de se mettre en route et d'essayer, à son tour, de la persuader à l'épouser.

Il quitta la vallée, marcha des jours et des jours, gravissant des parois enneigées, escaladant des pics glacés, défiant le vent glacial qui soufflait dans ces régions.

Plusieurs fois, il crut être perdu, mais le désir de voir la fée lui redonnait des forces et le poussait à continuer.

Il vit, enfin, devant lui, les hautes aiguilles transparentes du palais de glace. Le jeune homme n'écouta que son courage et se présenta dans la grande salle du trône.

Il fut si ému par la beauté de la Reine des Neiges qu'il en perdit la parole. Pendant des heures, le jeune homme resta agenouillé, en adoration devant elle, sans mot dire.

La fée le regardait, en silence, un peu étonnée et se disait que tant qu'il ne la demandait pas en mariage, il n'y avait pas lieu d'appeler les lutins.

Elle se sentait comme troublée par le comportement de ce chasseur si jeune et beau, mais elle n'osait pas se l'avouer. Le temps passait.

La Reine des Neiges se surprit à penser qu'elle consentirait même à épouser ce jeune homme...

Les lutins, étonnés par ses réactions, craignaient qu'elle pût désobéir à la loi et attirer ainsi la colère du destin sur tout le Peuple de la Montagne.

Ils décidèrent donc de passer à l'action. A la tombée de la nuit, ils sortirent par les fentes des rochers, encerclèrent le jeune homme, le saisirent et le jetèrent dans un abîme.

La reine vit tout depuis sa fenêtre, sans pouvoir intervenir. Cette fois, son coeur de glace fondit: la fée insensible s'était métamorphosée en femme.

De ses yeux coula la première larme de sa vie, qui tomba sur un rocher et se transforma en une fleur étoilée.

C'est ainsi que nacquit l'immortelle des neiges, la fleur qui pousse sur les sommets les plus hauts, au bord des abîmes, plus connue sous le nom d'edelweiss.

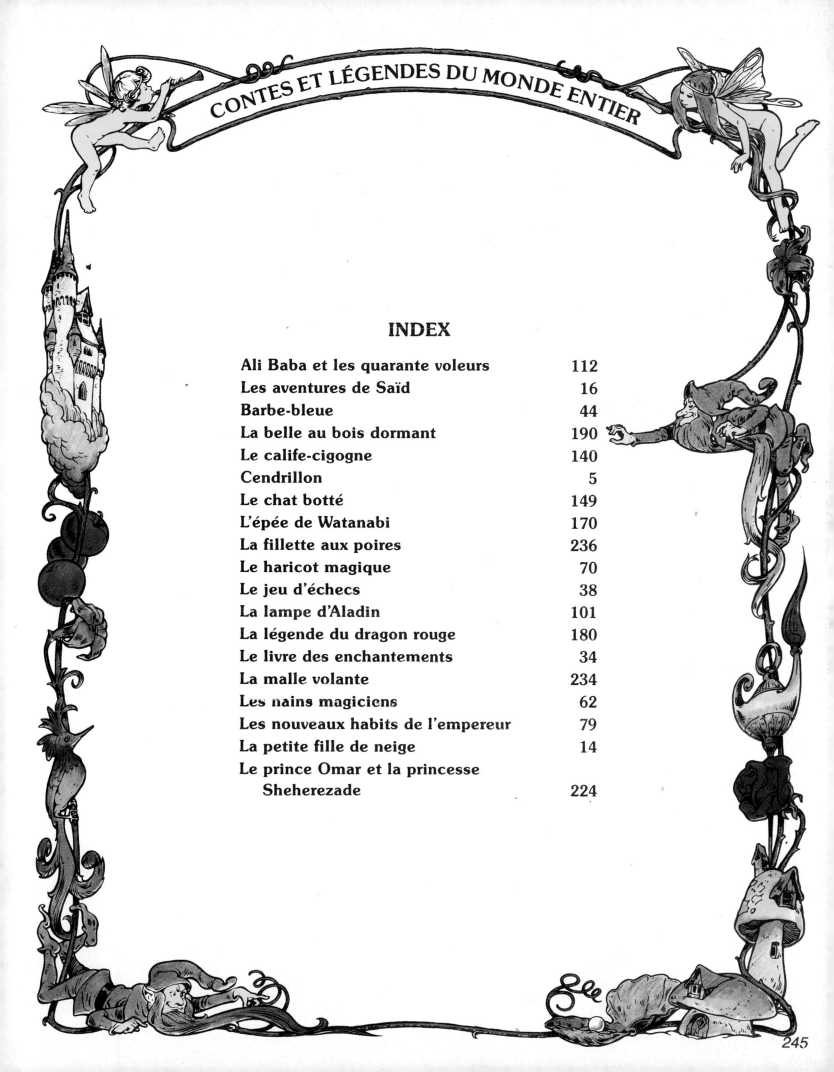

CONTES ET LÉGENDES DU MONDE ENTIER

INDEX

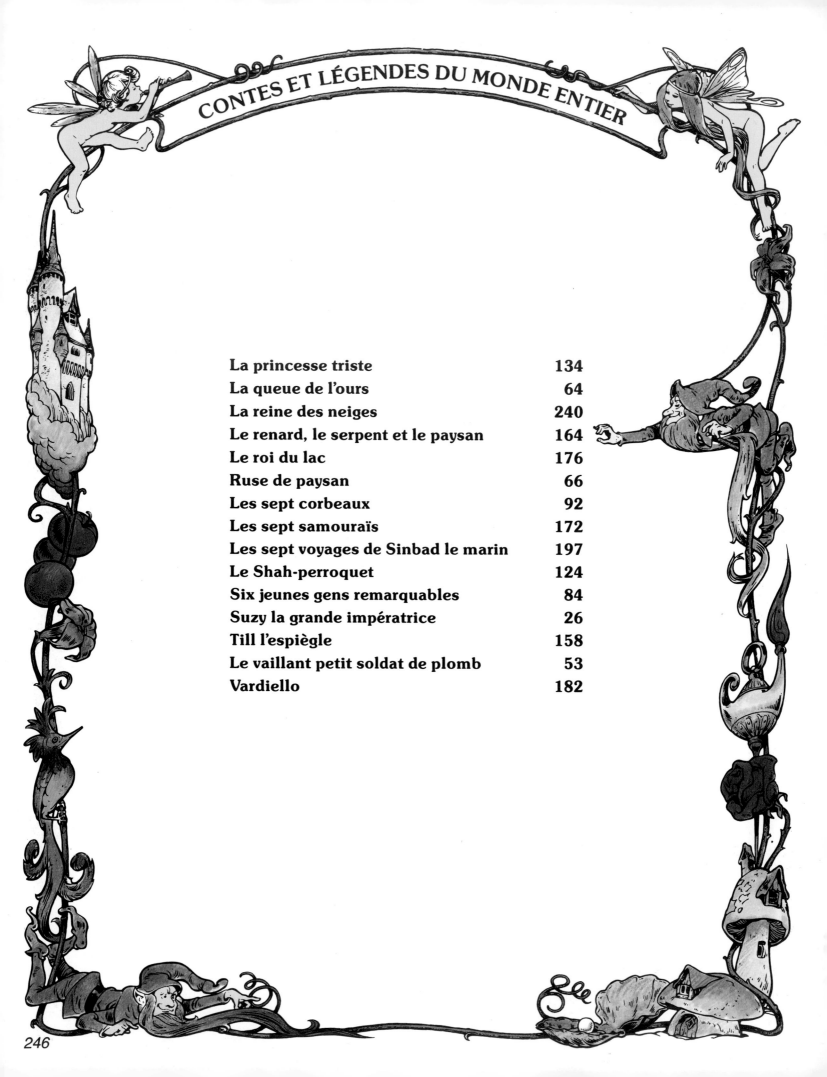

CONTES ET LÉGENDES DU MONDE ENTIER

CONTES ET LÉGENDES DU MONDE ENTIER